Goosebumps®

Goosebumps®

Goosebumps®

雞皮疙瘩 21

隱身魔鏡

Let's get invisible

R.L. 史坦恩（R.L.STINE）◎著

貝齊◎譯

致台灣讀者

讀者們，請小心……

我是R．L．史坦恩，歡迎到「雞皮疙瘩」的可怕世界裡來。

你是否曾在深夜裡聽到過奇怪的嚎叫？你是否曾在黑暗中聽到腳步聲——卻根本看不到人？你是否見過神祕可怖的陰影，幽幽暗處有眼睛在窺視著你，或者身後有聲音叫你的名字？

如果是這樣，你應該了解那種奇特的發麻的感覺——那種給你一身雞皮疙瘩、被嚇呆的感覺。

在這些書裡，幽靈在閣樓上竊竊低語；膽顫心驚的孩子忽而隱形；稻草人活了，在田野裡走來走去；木偶和布娃娃也有生命，到處嚇人。

當然，這些都是磨礪心志的好玩的嚇人事。我希望你們感到害怕，同時也希望你們大笑。這都是想像出來的故事。當然，最可怕的地方在你們自己心裡。

過個害怕的一天吧！

出版緣起

人生從奇幻冒險開始

何飛鵬
城邦媒體集團首席執行長

我的八到十二歲是在《三劍客》、《基度山恩仇記》、《乞丐王子》中度過的。可是現在的小孩有更新奇的玩具、電玩、漫畫，以及迪士尼樂園等。

八到十二歲，正是孩子從字數極少、以圖畫爲主的繪本閱讀，跨越到漸漸以文字閱讀爲主的時期。也正是訓練孩子從圖像式思考，轉變成文字思考的重要階段。在這個階段，養成長期的文字閱讀習慣，能培養孩子敘事、分析、推理的邏輯思辨能力，奠定良好的寫作實力與數理學力基礎。

然而，現在的父母擔心，大環境造成了習於圖像、不擅思考、討厭文字的一代。什麼力量能讓孩子重回閱讀的懷抱呢？

全球銷售三億五千萬冊的「雞皮疙瘩」，正是爲了滿足此一年齡層的孩子的需求而誕生的！

無論是校園怪奇傳說、墓地探險、鬼屋驚魂，或是與木乃伊、外星人、幽靈、吸血鬼、殭屍、怪物、精靈、傀儡相遇過招，這些孩子們的腦袋裡經常出現的角色或想像，經由作者的生花妙筆，營造出一個個讓孩子們縱橫馳騁的魔幻時空、光怪陸離的神奇異界，經歷各種危急險難，最終卻又能安全地化險為夷。這樣的冒險犯難，無論男孩女孩，無不拍案稱奇、心怡神醉！

本系列作品被譯為三十二種語言版本，並在全球數十個國家出版，創下了出版史上多項的輝煌紀錄，廣受世界各地孩子的喜愛。作者史坦恩表示，這套作品之所以成功，是因為多年的兒童雜誌編輯工作，讓他對兒童心理和兒童閱讀需求有了深刻理解——他知道什麼能逗兒童發笑，什麼能使他們戰慄。

我們誠摯地希望臺灣的孩子也能和世界上其他的孩子一樣，有更豐富多元的閱讀選擇。更希望藉由這套融合驚險恐怖與滑稽幽默於一爐，情節緊湊又緊張的「雞皮疙瘩系列叢書」，重拾八到十二歲孩子的閱讀興趣，從而建立他們的閱讀習慣，擁有一個快樂學習的童年。

現在，我們一起繫好安全帶，放膽體驗前所未有的驚異奇航吧！

專文推薦

戰慄娛人的鬼故事

國立臺北教育大學語文與創作系兒童文學教授
廖卓成

這套書很適合愛看鬼故事的讀者。

文學的趣味不止一端，莞爾會心是趣味，熱鬧誇張是趣味，刺激驚悚也是趣味。有人擔心鬼故事助長迷信，其實古典小說中，也有志怪小說一類，《聊齋誌異》就有不少鬼故事。何況，這套書的作者開宗明義的說：「這都是想像出來的故事」，不必當眞。

既然恐怖電影可以看，看鬼故事似乎也無妨；考試的書讀久了，偶爾調劑一下，對頭腦卻是有益。當然，如果看鬼片會連續失眠，妨害日常生活，那就不宜勉強了。

雋永的文學作品，應該有深刻的內涵；但不少兒童文學作品說教有餘，趣味不足。只要有趣味，而且不是害人爲樂的惡趣，就是好的作品。鮑姆（Baum）在《綠野仙蹤》的序言裡，挑明了他寫書就是爲了娛樂讀者。

倒是內行的讀者，不妨考校一下自己的功力，留意這套書的敘事技巧，由主角「我」來講故事，有甚麼效果？書中衝突的設計與化解，是否意想不到又合情合理？能不能有不同的設計？會不會更好？這是另一種引人入勝之處。

導讀

結局只是另一場驚嚇的開始

臺北藝術大學戲劇系兼任助理教授
臺北藝術節藝術總監
耿一偉

不知道大家還記不記得，小時候玩遊戲，比如捉迷藏等，都會有一個人要當鬼。鬼在這個遊戲中很重要，沒有鬼來捉人，遊戲就不好玩。這些遊戲的關鍵特色，不是人要去消滅鬼，而是要去享受人被鬼追的刺激樂趣。所以當鬼捉到人後，不是遊戲就結束，而是下一個人要去當鬼。於是，當鬼反而是件苦差事，因為捉人沒有樂趣，恨不得趕快找人來替代。所以遊戲不能沒有鬼，不然這個遊戲就不好玩了。

在史坦恩的「雞皮疙瘩系列」中，這些鬼所扮演的角色也是類似遊戲中的鬼，給我帶來閱讀與想像的刺激。各位讀者如果留意一下，會發現在他的小說中，都有一個類似的現象，就是結局往往不是一個對抗式的終局，一種善惡誓不兩立，以消滅魔鬼為最終目標的故事——這比較是屬於成人恐怖片的模式，不是你死，就是人類全部變殭屍。但「雞皮疙瘩系列」中，你的雞皮疙瘩起來了，可是結尾的時候，鬼並不是死了，而是類似遊戲一樣，這些鬼換了另一種角色，而且有下一場遊戲又要繼續開始的感覺。

礙於閱讀的樂趣，我無法在此對故事結局說太多，但各位看完小說時，可以再回想我在這裡說的，就知道，「雞皮疙瘩系列」跟遊戲之間，的確有類似性。換另一個角度來看，這些主角大多為青少年，他們在生活中碰到的問題，如搬家面對新環境、男生女生的尷尬期、霸凌、友誼等，都在故事過程一一碰觸。

「雞皮疙瘩系列」令人愛不釋手的原因，也在於表面上好像主角是鬼，但讀到一半，你會感覺到，故事的重點不知不覺地從這些鬼怪轉移到那些被追的青少年身上，鬼可不可怕不是重點，重點是被追的過程中，一些青少年生活中的苦悶，也被突顯放大，甚至在故事中被解決了。所以你會在某種程度感受到，這本書的內容是在講你，在講你的生活，在講你的世界，鬼的出現，只是把這些青春期的事件給激化了。

另一個有趣的現象，是從日常生活轉入魔幻世界的關鍵點，往往發生在父母不在身邊，然後主角闖入不熟識空間的時候——比如《魔血》是主角暫住到姑婆家、《吸血鬼的鬼氣》是闖入地下室的祕道、《我的新家是鬼屋》是新家的詭異房間……等等。

因為誤闖這些空間，奇怪的靈異事件開始打斷平凡無趣的日常軌道，一段冒險展開了，一場你追我跑的遊戲開始進行，而父母們往往對此毫無所悉，不知道自己的兒女在故事結束時，已經有所變化，變得更負責任，更勇敢。

「雞皮疙瘩系列」的意義，也在這個地方。在平凡無奇充滿壓力的青春期校園生活中，有那麼多不快樂、有那麼多鬼怪現象在生活中困擾著我們，但這無法跟家長說，因為他們不能理解，他們看不到我們看到的。但透過閱讀，透過想像力所引發的鬼捉人遊戲，這些不滿被發洩，這些被學校所壓抑的精力被釋放了。

幸好有這些鬼怪的陪伴，日子不再那麼無聊，世界可以靠自己的力量改變。

終究，在青少年的世界裡，鬼怪並不是那麼可怕，在史坦恩的小說中，也往往會有主角最後拯救了這些鬼怪的情形，彷彿他們不是惡鬼，而比較像誤闖人類世界的外星人……這也是青少年的焦慮，他們正準備降臨成人世界，這件事讓他們起了雞皮疙瘩！！

這句英文怎麼說

我的生日是一個下著雨的星期六。
My birthday was on a rainy Saturday.

1.

我十二歲生日那天，經歷了生平第一次的隱形。

說起來一切都是白毛惹的禍。白毛是我的狗，牠是一隻梗犬和不知道什麼犬混合的雜種狗。其實牠全身上下都是黑色的，我們故意把牠取名爲「白毛」。

假如白毛不曾在閣樓上聞來嗅去的。

喔——也許我最好倒帶一下，從事情的一開始講起。

我的生日是一個下著雨的星期六。當時再過幾分鐘我邀請的朋友就要陸續到達，所以我正在準備。

我所謂的準備就是梳理我的寶貝頭髮。

我弟弟老是拿我的頭髮開玩笑。他那麼愛捉弄我的原因，是因爲我花了很多

時間在鏡子前面打點我的頭髮，隨時隨地注意我的髮型。

沒辦法，我天生有一頭很棒的頭髮。我的髮質很濃密，再加上又有一點波浪，而且還是金棕色的呢。我覺得自己全身上下最好看的部分就是我的頭髮了，所以我總是不厭其煩的讓頭髮保持最佳狀態。

另外還有一個原因，就是我有一對常常露出來的大耳朵。所以我必須時時刻刻注意我的頭髮是不是蓋住了我的耳朵。這很重要欸！

「麥斯，你後面的頭髮亂七八糟的唷！」我弟弟——左拐子趁我在前廳的鏡子照頭髮的時候說。

其實他眞正的名字叫做諾亞，可是我都叫他「左拐子」，因爲他是我們家裡唯一使用左手的人。

左拐子正拿了個壘球往上丟，再用左手接住。他知道在房子裡面不准玩壘球的，可是他還是我行我素，把媽媽的規定當耳邊風。

左拐子比我小兩歲，他不是一個壞孩子，只是精力太旺盛。整天如果不是到處丟球玩，就是跟我玩摔角；不然就是用手在桌子上假裝打鼓，亂敲東西，四處

這句英文怎麼說

你差點就把鏡子打破了。
You almost broke the mirror.

亂跑，東奔西跳的，然後跌倒。

爸爸說左拐子的褲子裡有螞蟻，所以才會停不下來。這個說法實在滿蠢的，不過這樣形容我弟弟倒是挺貼切的。

「騙子，哪裡亂了？」我轉身歪著脖子看著我背後的頭髮說。

「腦筋靈光點嘛，我當然是騙你的囉！」左拐子說著把壘球丟給我。

我伸手去接，可是沒接到。咚的一聲巨響，球打到鏡子下邊的牆壁上。左拐子和我氣也不敢吭一聲，等著看媽是不是聽到了。好險媽沒聽見，我想她正在廚房裡忙著弄我的生日蛋糕。

「眞笨！」我小聲的對左拐子說：「你差點就把鏡子打破了。」

「你才笨咧！」他像往常一樣回嘴。

「你爲什麼就不能學著用右手丟球？也許這樣我就能接到了。」我這麼告訴他。我喜歡拿他用左手的事戲弄他，因爲他很討厭別人這麼做。

「你眞差勁！」左拐子把球撿起來時說。

這句話他每天得說個好幾百遍，我已經習慣了。我想他大概覺得這樣說顯得自己很聰明還是怎樣的。

以一個十歲的小孩來說，他可以說是一個好孩子，就是懂的字彙還不夠多。

「你的耳朵露出來了。」他說。

我知道他唬我，我剛要給他點顏色瞧瞧，門鈴就響了。

左拐子和我衝下窄窄的走道來到了門口，「喂，這是我的生日會耶！」我告訴他。

只是他已經先到門口把門打開了。

是我最要好的朋友——查克。查克打開紗門，匆匆忙忙走進屋裡。外面的雨下得很大，他已經溼透了。

查克把一個用銀色包裝紙紮的禮物給我，上面還沾著雨水。「裡面是一堆漫畫書，」查克說：「我已經看過了，有本《X兵團》的圖畫小說還挺酷的。」

「謝囉！」我說：「還好它們看起來不是很溼。」

左拐子從我手中把禮物搶走，跑進客廳。「不要打開！」我喊他，左拐子說他只是要把禮物拿去堆在一起而已。

這句英文怎麼說

你有沒有邀請女生？
Did you invite girls?

查克脫下他頭上那頂紅襪隊的棒球帽，我發現他換了個新髮型。

「哇！你看起來很不一樣哦。」我一邊說，一邊仔細觀察他的頭髮。他把左邊的頭髮剃得很短很短，剩下的頭髮長長的全梳到右邊。

「你有沒有邀請女生？」查克問我，「還是只有男生而已？」

「會有一些女生來，」我告訴查克：「艾倫和愛波，還有我表妹黛柏拉或許也會來。」我知道他喜歡黛柏拉。

查克若有所思的點點頭。他有一張嚴肅的臉，一雙小小的藍眼睛總是望著遠方，看起來變得很有內涵，好像很專心在思考什麼事情似的。

他是一個容易緊張的人，也不能說是精神焦慮，只是神經緊繃。查克還非常的好勝，不管什麼他都得贏才行。如果他不幸得了個第二名，就會非常沮喪的亂踢傢具出氣。你知道這種人吧！

「我們要做些什麼？」查克甩掉紅襪隊帽子上的雨水問我。

「我們本來要在後院玩，我爸今天早上把排球的網子都裝上了，不過那是在還沒開始下雨之前。我租了一些錄影帶，也許我們就看錄影帶。」

門鈴響了，左拐子又不知道從哪兒冒出來把我和查克推開，自己衝到大門。

「喔，是你呀！」我聽見他說。

「謝謝你這麼歡迎我。」我聽出那是艾倫聒噪的聲音。因爲艾倫的聲音唧唧喳喳，又長得像老鼠般矮矮小小的，所以有些小孩就叫她「老鼠」。她有一頭直直短短的金髮，我覺得她滿可愛的，只是我從來沒跟別人這麼說過。

「我們可以進去嗎？」緊接著是愛波的聲音，愛波是我們這群當中的另一個女生。她有一頭鬈曲的黑髮和哀傷的黑眼珠，我總是以爲她很傷心，但是後來我才瞭解愛波只是很害羞而已。

「生日會是明天欸！」我聽見左拐子跟她們說。

「啊？」兩個女生發出驚訝的叫聲。

「不是啦！」我大喊，並走到門廊把左拐子推開。我打開紗門讓艾倫和愛波進來。「妳們都見識過左拐子的小玩笑了吧！」我把我弟弟擠到牆上對她們說。

「左拐子自己本身就是個笑話。」艾倫回答。

「妳是笨蛋。」左拐子也不甘示弱的頂了回去。

這句英文怎麼說

門鈴響了。
The doorbell rang.

我用全身的重量，更用力的把他擠壓在牆上，可是他把身體一低，一溜煙的跑開了。

「生日快樂！」愛波對我說，一邊甩掉卷髮上的雨滴。她給我一個用聖誕節彩紙包裝的禮物。「我只有這張包裝紙。」愛波看我盯著紙，所以跟我解釋。

「也祝你聖誕快樂！」我開玩笑的回答。這個禮物摸起來像是一片ＣＤ。

「我忘了帶你的禮物來。」艾倫說。

「是什麼？」我問她，並跟著她們走到客廳裡。

「我不知道，我還沒買呢！」

左拐子一把從我手裡搶走愛波送的禮物，跑到沙發後頭的角落，把它疊在查克送的禮物上面。

艾倫一屁股坐在安樂椅前面的白色皮踏墊上，愛波站在窗戶旁邊，看著外面的雨。

「我們要烤熱狗哦！」我向他們宣布。

「今天的熱狗肯定會濕答答的！」愛波回答我。

左拐子站在沙發後面，只用一隻手把壘球丟上去又接住。

「你會把燈打破的！」我警告他。

想也知道，他甩都不甩我，把我的話當空氣。

「還有誰要來？」艾倫問。

我還來不及回答她，門鈴又響了。左拐子和我爭相跑到門口，他絆到自己的運動鞋，肚皮著地咻的滑下門廊。眞像他的作風！

到了兩點三十分時，每一個人都到齊了，總共有十五個。生日會也開始了。其實也還不算眞正開始，因爲我們沒辦法決定該做什麼好。我想要看我租的《魔鬼終結者》錄影帶，可是女生們想要玩「七手八腳」（註）的遊戲。

「這是我的生日耶！」我堅持的說。

我們想了個折衷的方式——先玩七手八腳，然後在吃東西之前再看一點《魔鬼終結者》。

生日會辦得還不錯。我想每個人都挺開心的，連愛波看起來也很高興。她通常在聚會中看起來老是很緊張，也很安靜。

這句英文怎麼說

你會把燈打破的！
You're going to break that lamp!

倒是我那個左拐子弟弟不但打翻可樂，還用手抓著巧克力蛋糕吃，只因爲他認爲這樣很好玩。天知道，他是我們裡面唯一一個披著人皮的怪物。

我說他之所以會被邀請的原因，只是因爲他是我的弟弟，而且我們也不知道該把他丟哪兒去。你知道他怎麼回答我嗎？他故意把嘴巴張得特大，讓每個人看見他嘴裡嚼成稀巴爛的巧克力蛋糕。

我拆開所有的禮物之後，又接著繼續播放《魔鬼終結者》的錄影帶。可是大家卻陸陸續續的開始解散。我想大概是時間已經接近五點，而且外面還下著大雨，天色看起來很黑，所以感覺上好像已經很晚了。

我爸媽都在廚房裡整理打掃，屋子裡只剩下艾倫和愛波還留下來。艾倫的媽媽應該要來接她們的，可是她打電話來說會晚一點到。

白毛站在客廳的窗戶旁狂吠亂吼。我看看外頭連個影子也沒有，就雙手抱起白毛，把牠從窗邊帶開。

「到我房間去吧！」我總算讓那隻笨狗安靜下來之後，向大家建議道。「我想試試我新買的超級任天堂。」

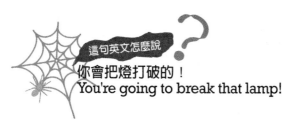

艾倫和愛波如釋重負的跟著我到二樓，不知道什麼原因，她們對《魔鬼終結者》一點也不感興趣。

樓上的走廊很暗，我打開燈的開關，可是頭頂上的燈沒亮。「一定是燈泡燒壞了。」我解釋道。

我的房間在走廊的盡頭，我們慢慢的摸黑前行。

「這裡有點陰森森的。」愛波低聲說。

她說話的同時，儲藏櫃的門突然打開，一團黑影朝我們跳過來，發出震耳欲聾的叫聲。

註：七手八腳（Twister），一種團體遊戲，每個人輪流擲骰子確定數字、顏色和身體的部位（例如：左手、右腳、頭……等），然後要將指定的身體部位放到指定的數字或顏色上。在玩的過程中，因為每個人會一直變換姿勢，會有很多高難度或爆笑的場面出現。

這句英文怎麼說

我們知道是你。
We knew it was you.

2.

當女生嚇得花容失色時，那個大聲吼叫的東西一把攔住了我的腰，把我摔到地上。

「左拐子——放開我！」我氣急敗壞的尖叫道，「這一點也不有趣！」

「嚇到了喔！」他大聲說：「我嚇到你們了吧！」我弟弟笑得跟個神經病一樣，他以爲自己很行。

「我們才不怕，」艾倫嘴硬的說：「我們知道是你在惡作劇。」

「那妳爲什麼尖叫？」左拐子問她。

艾倫沒有回應。

「你實在很白癡欸，左拐子。」我把他從我身上推開，站了起來。

「你在儲藏櫃裡面等了多久？」愛波問他。

「很久、很久。」左拐子回答她。他才剛要站起來，白毛卻跑過來猛舔他的臉，癢得左拐子跌回地上，橫躺在那裡蠢笑。

「連白毛也被你嚇到了。」我說。

「才沒有呢！白毛比你們聰明多了。」左拐子推開白毛。

白毛開始在走廊另一邊的門口嗅來嗅去。

「麥斯，那扇門通到哪裡？」艾倫問我。

「通到閣樓。」我告訴她。

「你家有閣樓？」艾倫大叫著，好像有個閣樓很了不起似的。「我超愛閣樓的！上面有些什麼東西？」

「啊？」走廊烏漆抹黑的，我瞇著眼看她。女生有時候眞的很奇怪，我的意思是，怎麼會有人那麼「愛」閣樓的。

「只是一些我爺爺、奶奶留下來的舊東西。」我跟艾倫說：「這間房子本來是我爺爺、奶奶的，我爸、媽把他們留下來的一堆東西放在閣樓裡。我們幾乎很

這句英文怎麼說

你在儲藏櫃裡面等了多久？
How long were you waiting in the linen closet?

少上去。」

「我們可以上去看看嗎？」艾倫懇求道。

「我想可以吧！」我說：「我不覺得有什麼好看的。」

「我超愛舊東西的。」艾倫對我說。

「可是上面那麼黑……」愛波輕聲說。

我想她有點害怕。

我打開閣樓的門，伸手找裡面的開關，點亮天花板上的燈。我們抬頭朝陡斜的木頭樓梯往上看，暈黃的燈光照在我們身上。

「妳看，上面有燈。」我走上樓告訴愛波。我的運動鞋踩在地板上吱吱嘎嘎響，影子被燈光拖成長長的一條。「妳來不來？」

「艾倫的媽媽馬上就會到。」愛波說。

「我們只上去一會兒。」艾倫輕輕推了愛波一把，慫恿她：「來嘛！」

我們爬上樓梯時，白毛快步從我們身旁跑過去，牠的尾巴興奮的甩來甩去，腳趾頭踩在木頭地板上發出喀答喀答的聲響。才走到一半，空氣就變得悶熱、乾燥起來。

我走到樓梯的最後一階，抬頭朝四處瀏覽。閣樓從樓梯兩邊延伸出去，形成一個長形的房間，裡面擠滿了各種破爛——舊傢具、紙箱、舊衣服、釣魚竿、成堆發黃的雜誌。

「噢，都是發霉的味道。」艾倫走過我身邊。她走到閣樓的正中央，深吸了一口氣，讚嘆道：「啊！我好愛聞這味道。」

「妳眞是古怪。」我對她說。

大雨敲打著屋頂，嘩啦嘩啦的怒吼聲在底下的房間裡迴盪，聽起來就像我們正在一道瀑布裡面。

我們四個人到處晃了起來，東看西找的探起險來。左拐子一直把他的壘球丟到天花板的樑柱上，然後再接住。我注意到愛波緊跟著艾倫走；白毛則沿著牆邊猛嗅。

「你們覺得這裡會不會有老鼠？」左拐子的臉上帶著一抹邪惡的微笑問道。

我看到愛波的眼睛睜得好大。左拐子繼續嚇唬著說：「就是那種又肥、又大，喜

這句英文怎麼說

看看這些舊雜誌。
Look at these old magazines.

歡爬到女生腳上的老鼠呀！」

我這個老弟還眞幽默。

「我們現在可以走了嗎？」愛波忍不住問道，並往後退到了樓梯口。

「看看這些舊雜誌，」艾倫不理會愛波，驚奇的大喊。她拿起其中一本翻了翻。「你們看！這些模特兒穿的衣服眞好玩。」

「嘿——白毛在做什麼？」左拐子突然問道。

我循著他的目光往遠處的牆壁看去。我看到白毛的尾巴在一堆高高的箱子後面搖晃著，還聽見白毛狂抓什麼東西的聲音。

「白毛——過來！」我命令牠。

牠根本不甩我，只是抓得更賣力。

「白毛，你到底在抓什麼？」

「大概正把一隻老鼠扯成兩半。」左拐子開口說出他的意見。

「我要走了！」愛波宣布。

「白毛？」我叫牠。我得繞過一張舊餐桌，才能在一片亂糟糟的閣樓裡走動。

我立刻就發現白毛在抓一扇門的底部。

「喂！你們快來，」我喊叫道：「白毛找到一扇密門。」

「酷！」艾倫迅速的跑過來，左拐子和愛波緊跟在後。

「我不知道有一扇門在這兒。」我說。

「我們一定要進去看看。」艾倫鼓動大家：「我們一起進去看看門的後面是什麼。」

一切的麻煩就是從這兒開始！

這樣你就能夠了解爲什麼我說都是白毛惹的禍了吧！假如那隻笨狗不曾胡亂聞、隨便抓，我們可能永遠都不會找到那個被藏起來的門。

我們也就絕對不會發現隱藏在門後，那個刺激——又駭人的祕密。

這句英文怎麼說

你有什麼毛病啊，小狗狗？
What's your problem, doggie?

3.

「白毛！」我蹲下來把狗從門口拉開。「你有什麼毛病啊，小狗狗？」

我快速的把白毛拉到旁邊，牠馬上對那扇門失去了興趣，開始嗅起另外一個角落。牠的注意力未免也太不集中了吧！但是，我想這就是人和狗不同的地方。

外面的雨還是很大，嘩啦嘩啦的聲響持續從我們頭上的屋頂傳來。我聽見風咻咻咻的吹過屋內的每個角落，這是一陣春天的暴風雨。

那扇密門的中間位置有一道鏽了的門栓，我輕而易舉的拉開了它。我根本連推都不必推，門就自己鬆開了。

我拉開門，發出咿呀的聲音，門內一片漆黑。

我才把門打開一半，左拐子就迫不及待的從我身子底下鑽過去，一陣風似的

跑進去。

「有死人呀！」他慘叫一聲。

「啊！」愛波和艾倫害怕得驚聲尖叫。

「你少騙人了，左拐子。」我知道我弟弟那近乎愚蠢的幽默感，我揭穿他，然後跟著走進密門裡。

左拐子當然只是在嚇唬我們。

密門裡的房間很小，一扇窗戶也沒有，唯一的光源是我們身後的閣樓中間那盞暈黃的吊燈。

「把門全打開讓光線進來。」我指示著艾倫。

「這麼暗，什麼都看不見。」艾倫把門完全推開，拿了個箱子擋著，然後和愛波輕手輕腳的走進來加入我和左拐子。

「這麼大一間，不像是個衣櫃。」艾倫說，她的聲音聽起來比平常更尖細。「會是什麼呢？」

「就只是個房間嘛！」我說，我的眼睛依然不能適應昏暗的燈光。

這句英文怎麼說

把門全打開讓光線進來。
Push the door all the way open so the light can get in.

我往房間裡面又走了一步，一個黑影也猛的朝我走近。

我叫著跳開。

那個人也跳開。

「是一面鏡子啦，呆瓜！」左拐子笑著說。

我們四個人立刻笑了起來，笑聲高亢並夾雜著緊張。

我現在能夠看得比較清楚了，暈黃的燈光穿進這個四方形的小房間，我們眼前有一面鏡子。

鏡子很大，呈長方形，比我還高個兩呎以上；鏡子被放置在木頭做的架子上，周圍有一圈深色木頭作成的框。

我把身體移到鏡子前面，鏡子裡的影像再一次上前歡迎我。我很訝異鏡子上的我是那麼的清晰，雖然好幾年都沒人來到這兒，鏡子上卻一點灰塵也沒有。

我又上前一步，注意起我的頭髮。

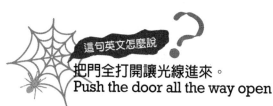

嘿！鏡子就是用來照的，不是嗎？

「誰會只擺一面鏡子在房間裡？」艾倫發出疑問。我看見她的影像就在我後面幾呎的地方。

「或許這是一件很有價值的傢具或什麼的。」我邊說邊把手伸進牛仔褲的口袋找梳子。「你知道，古董啊！」

「是你爸媽放在這裡的嗎？」艾倫又問。

「我不知道，」我回答她：「說不定是我爺爺奶奶的，我眞的不清楚。」我梳了幾下頭髮。

「我們可以走了吧？沒什麼好看的。」愛波說。她仍然在門廊躊躇不前。

「也許這是一面哈哈鏡。」左拐子把我推到一邊，貼在鏡子前面扮鬼臉。「你們知道嗎，就是那種放在遊戲屋裡面，會讓你的身體看起來像顆蛋的那種鏡子。」

「你早就像顆蛋了。」我開玩笑的把他推到一邊。「至少你的頭就是。」

「你才是個臭雞蛋。」左拐子反過來嘲笑我：「爛人！」

「喂，愛波，快進來。」我催促道。「妳擋到光了啦！」我凝視著鏡子裡的自己，我看起來完全正常，沒有歪七扭八的變形。

「我們不能下樓去嗎？」愛波發牢騷的問。她不甘願的離開門廊，往門裡跨

這句英文怎麼說

我很好奇要怎麼打開它。
How do you turn it on, I wonder.

進幾小步。「就是面舊鏡子嘛！有什麼大不了的？」

「嘿，你們看！」我手指著連在鏡子上的燈說。那是一盞黃銅或其他金屬做的橢圓形燈，燈泡長長窄窄的，幾乎就像日光燈的燈泡，但是比較短。

「我很好奇要怎麼打開它。」我在昏暗的燈光下抬頭仔細看，想要把燈打開。

「那裡有一條鏈子。」艾倫走到我旁邊告訴我。

沒錯，離鏡子上方約一呎的地方，有一條細細的鏈子從燈的右邊垂下來。

「不知道還會不會亮。」我說。

「那個燈泡大概壞了。」左拐子發表高見。

左拐子這傢伙，老是往壞的方面想。

「只有一個方法能知道！」我踮起腳尖，手伸的又直又高想去拉那條鏈子。

「小心！」愛波警告我。

「小心什麼？只不過是一盞燈而已。」我回答她。

這是一句很有名的最終遺言。

我伸出手，沒抓到；再試一次。第二次我抓到了鏈子，往下一拉。

一道刺眼的亮光從燈裡頭閃出來，接著光線減弱至正常的燈光。慘白的燈光在鏡子的反射下更加白亮。

「嗯……這樣好多了。」我說：「整個房間都亮起來了，很亮吧！對不對？」

沒有一個人答腔。

「我說很亮吧！對不對啊？」

還是一片靜默。

我轉過身，驚訝的發現他們三個人的臉上都掛著驚恐的表情。

「麥斯？」左拐子難以置信的看著我，他的眼睛瞪得幾乎快從臉上掉出來了。

「麥斯……你在哪裡？」艾倫呼喊著，並問愛波：「他到哪裡去了？」

「我就在這裡。」我告訴他們：「我一步也沒有走開。」

「可是我們看不見你！」愛波叫道。

這句英文怎麼說

我不像外表看起來那麼笨。
I'm not as stupid as I look.

4.

他們三個全部瞠目結舌的往我所在的方向看，臉上還是掛著恐慌的表情。不過我感覺得出來，他們是在捉弄我。

「別耍我了，你們這些傢伙。」我告訴他們說：「我不像外表看起來那麼笨，我不可能上當。」

「可是……麥斯……」左拐子還在嘴硬。「我們是說眞的！」

「我們看不見你！」艾倫重複剛剛那句話。

笨，笨，笨哪！以爲我會那麼容易受騙。

忽然，燈光似乎變強了，強光照在我的臉上，我的眼睛痛了起來。

我用一隻手遮擋強光，並抬起另一隻手把燈關掉。

燈熄了，可是白色的光點還在。我試著眨眨眼，不過還是有很大的亮點在我眼前。

「嘿——你回來了！」左拐子歡呼道。他走向前拉著我的手臂，還捏了捏，好像在確認我是不是眞的還是怎麼一回事。

「你有毛病啊？」我生氣的吼道，「左拐子，我又沒有被你的詭計騙到，你爲什麼還裝模作樣？」

令我驚訝的是，左拐子並沒有退開。

他緊抓著我的手臂，好像很怕放開。

「我們不是開玩笑的，麥斯。」艾倫低聲堅持的說，「我們是眞的看不到你。」

「一定是鏡子裡反射出來的光。」愛波說。她站在門邊緊靠著牆壁。「燈太亮了。我想那只是眼睛的錯覺還是什麼的。」

「那不是錯覺。」艾倫糾正她說，「我就站在麥斯旁邊，我根本看不見他。」

「他隱形不見了。」左拐子正經八百的加了一句。

我笑了起來。「你們這些傢伙想唬我啊，」我說，「你們演得還眞像一回

這句英文怎麼說

他隱形不見了。
He was invisible.

事！」

「我們才被你嚇一跳呢！」左拐子生氣的吼道。他放開我的手臂，走到鏡子前面。

我順著他注視的目光看去。「我就在這兒。」我指著自己的影像說道。我瞥見後腦有一根頭髮翹了起來，我小心的把它順好。

「我們快離開這裡吧！」愛波請求道。

左拐子把他的壘球往上拋，仔細觀看自己在鏡子裡的模樣。

「後面太暗了，我什麼也看不到。」艾倫繞到鏡子的後面說。

她走回鏡子前面，抬頭望著上面那盞橢圓形的燈。「你一拉下那盞燈的鏈子，人就消失了。」

「你們不是說著玩的！」我說。我頭一回開始相信他們不是在開玩笑。

「你真的隱形了，麥斯。」艾倫跟我說，「嘩——一下子你就不見了。」

「她說的沒錯。」左拐子附和道。他把壘球往上丟，然後再接住它；並從鏡子裡欣賞自己的模樣。

「這只不過是個視覺上的錯覺，」愛波堅持的說，「你們爲什麼把事情看得那麼嚴重？」

「那不是錯覺！」艾倫堅持著。

「他把燈打開，光一閃他人就消失了。」左拐子說。

他把壘球扔下，球在木頭地板上咚咚咚的彈跳著，發出了很大的聲響。接著球滾到了鏡子後面。

左拐子遲疑了一下，然後走到陰暗的鏡子後面找球。過了一會兒之後，才又跑回來。

「你眞的隱形了，麥斯。」左拐子跟我說。

「是眞的！」艾倫也認眞的盯著我說。

「證明給我看。」我告訴他們。

「我們走了啦！」愛波懇求著。她已經走到門口，身體一半在外面，一半在房間裡。

「你說『證明給你看』是什麼意思？」艾倫對著我在鏡中的陰暗影像問道。

這句英文怎麼說

這只不過是個視覺上的錯覺。
It was just an optical illusion.

「讓我看看，眼見爲憑。」我說。

「你是說做你剛才做的事？」艾倫轉過來對著眞正的我說。

「對呀，」我回答，「妳也像我一樣隱形。」

艾倫和左拐子直盯著我。

左拐子還張大了嘴。

「這個主意太愚蠢了吧。」愛波在我們身後大聲說道。

「我來！」左拐子說。

他一個箭步踏到了鏡子前面。

我抓住左拐子的肩膀把他拉了回來說。「不是你，」我說，「你年紀太小了。」

左拐子想要掙脫，但是我緊抓著他。我用手臂圈住他的腰，試圖把他拖離鏡子前面。

「妳怎麼樣啊，艾倫？」我試探她。

她聳了聳肩。「好吧！我想，我來試試看。」

左拐子停止掙扎，我也將手臂的力道放鬆了些。

我們看著艾倫站到鏡子前面。

她的影像幽暗、矇朧的回望著她。

艾倫踮起腳尖，伸出手抓住燈的鏈子。她看了我一眼，然後微笑的說：「開始囉！」

這句英文怎麼說

你們在閣樓上做什麼？
What are you doing up in the attic?

5.

鏈子從艾倫手中滑落。

她伸出手再抓一次。

艾倫正要用力拉，一個女人的聲音從樓下打斷了我們。「艾倫！你們在上面嗎？愛波？」

我認得這個聲音，是艾倫的媽媽。

「對，我們在樓上。」艾倫高聲喊道，並把手裡的鏈子放開。

「快下來，我們遲到了！」艾倫的媽媽喊道，「你們在閣樓上做什麼？」

「沒什麼。」艾倫對著樓下大聲說。她回過頭看我，並聳了聳肩。

「太好了，我終於可以離開這裡！」愛波如釋重負，急急忙忙的走下樓梯。

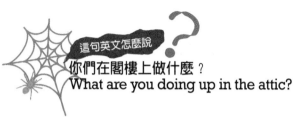

我們全跟在她後頭往下走，木頭樓梯發出吱吱嘎嘎的噪音。

「你們在樓上做什麼？」當我們全回到客廳時，我媽媽問道。「閣樓裡灰塵多的很，可是你們身上還滿乾淨的，眞奇怪。」

「我們只是晃晃而已。」我告訴她。

「我們在玩一面舊鏡子，」左拐子說，「挺有趣的。」

「玩一面鏡子？」艾倫的媽媽給我媽一個不可置信的眼神。

「大家再見！」艾倫把她媽媽拉到門口。「很棒的生日會，麥斯。」

「對呀，謝謝！」愛波接著說。

她們從前門離開。雨終於停了，我站在紗門前看她們繞過水窪，走向車子。

當我回到客廳時，左拐子把壘球拋向天花板，想從背後伸手接住它。但他漏接了，球從地上彈到小茶几，打翻了裝滿鬱金香的大花瓶。

眞是慘不忍睹呀！

花瓶碎了一地，鬱金香四處飛散，花瓶裡的水全流到了地毯上。

媽的兩隻手在空中揮舞，嘴裡無聲的對著空氣唸唸有詞；我媽要是被逼得受

這句英文怎麼說

真是慘不忍睹呀！
What a crash!

不了的時候就會這樣。

然後媽媽眞的給了左拐子一點顏色瞧瞧，她大聲吼道：「我得跟你說幾次才行，不要在客廳裡丟那顆球……」媽持續說了好一會兒。

左拐子縮到牆角，身體越縮越小。他一直說「對不起」，可是媽媽還是大聲的吼著，我想她根本沒聽見。

我敢打賭，左拐子這會兒一定很希望在這一刻隱形消失。

可是他必須面對，並接受處罰。

我後來和左拐子一起幫忙把地板打掃乾淨。

過了幾分鐘之後，我竟然又看見他在客廳丟那顆壘球。

左拐子就是這樣，永遠無法記取教訓。

在後來的兩天裡，我不曾再想到那面鏡子。除了學校的事情以外，還有一些雜七雜八的事讓我忙得不可開交，例如春季音樂會的排練。我只是大合唱中的一員罷了，可是每一場排練我還是都得到。

我常常在學校碰到艾倫和愛波，不過她們也沒有再提起那面鏡子。我想大概她們也忘記了，還是說我們只是不願意再去想。

如果停下來仔細回想一下，整件事其實滿可怕的。

我的意思是說，如果你也相信他們所說的隱形事件。

接下來的那個星期三的晚上，我一直無法入睡。我躺在床上盯著天花板上前後搖晃的陰影。

我試著數羊。我緊緊閉上雙眼從一千倒著往回數。

但是不曉得什麼原因，我的精神依然抖擻，一點也不想睡。

突然間，我發現自己想起閣樓裡的鏡子。

那鏡子在上面做什麼？我自問著。爲什麼它會被鎖在密室裡，密室的門還被小心的栓住？

鏡子是屬於誰的？爺爺奶奶嗎？假如眞是這樣，爲什麼他們要把鏡子藏在那間小房間裡？

我懷疑爸爸和媽媽甚至不知道有面鏡子在那上頭。

這句英文怎麼說

究竟有沒有看見我自己？
Did I see myself at all?

我回想上個星期六的生日會結束之後，到底發生了哪些事。我腦海裡出現我站在鏡子前的畫面：我先是梳著頭髮，然後伸手抓住燈鏈，往下拉，當燈打開時射出一道強光，接著……

燈亮了之後，鏡子裡有沒有照出我的影像？

我不記得了。

究竟有沒有看見我自己？看見我的手？我的腳？

我眞的記不得了。

「只是個玩笑！」我躺在床上踢掉被子大聲說。

一定是個玩笑。

左拐子總是在我身上開些蠢玩笑，想讓我難堪。我老弟是個小丑，一直都是個小丑。他從來就沒有認眞過，從來沒有。

那麼是什麼原因讓我認爲他現在是認眞的？

因爲艾倫跟愛波也和他說一樣的話？

我告訴自己，只有一個辦法才能確定他們說的是眞的，還是騙人的。我爬下了床，摸黑找出我的拖鞋，扣上剛剛在床上翻來覆去時脫落的睡衣罩衫。

我不敢發出聲響，躡手躡腳的來到了走廊。

除了左拐子房門外的地板上那一盞小夜燈之外，屋子裡一片黑漆。左拐子堅持在他的房間裡和走廊各裝一盞夜燈，因爲他是我們家唯一會在半夜醒來的人。我經常因此逮到機會就嘲笑他。

現在我還眞感激有這盞燈。我踮著腳尖走到通往閣樓的樓梯，即使我已經盡量小心輕走，腳下的樓板還是吱嘎作響。住在這種老房子想要不製造出噪音也挺難的。

我停下來，屏住呼吸仔細的聆聽著，想確定是不是有人被我吵醒了。

安靜無聲。

我深深吸了一口氣，打開閣樓的門，胡亂摸索一陣終於找到燈的開關，把閣樓裡的燈給打開。接著我慢慢的走上陡斜的階梯。我把身體的重心全部倚在欄杆上，努力不讓樓梯發出聲響。

樓梯好像怎麼走也走不完。終於到了，我站在最頂端的階梯向四處張望，讓

這句英文怎麼說

閣樓裡又悶又熱的。
The attic was hot and stuffy.

雙眼適應從天花板籠罩而下的暈黃燈光。

閣樓裡又悶又熱的，乾燥的空氣讓我的鼻子灼熱起來。我突然有想要掉頭離開的念頭。

但是我的視線停在通往小密室的門廊。那天我們急著離開，結果忘了關門，現在門大剌剌的敞開著。

我走到密室門前，望進黑漆漆的門裡，迅速走上樓。地板在我腳下嘎吱嘎吱叫，但是我似乎沒有什麼感覺。

我被敞開的門牽引住，好像有一股強大的磁力把我吸進那個神祕的房間。

我得再去瞧瞧那面高大的鏡子，我得好好研究它。

我非得了解事情的眞相不可。

我毫不遲疑的走進小密室裡，踏步走向鏡子。

我暫停了一下，觀察我在鏡子裡的影像。我的頭髮雜亂毛燥，但是我一點兒也不在乎。

我盯著我自個兒瞧，注視著我的眼睛。然後我往後退了一步，用不同的角度

觀看。

鏡子照出我的整個身體——從頭到腳。鏡子裡的影像看起來並沒有什麼特別之處，看起來一點也不奇怪，不像哈哈鏡照起來會歪七扭八的。

說眞的，看見鏡子裡的影像如此正常，讓我安心不少。我這才察覺自己的心臟翻湧跳動的像隻神經緊張的蝴蝶，手跟腳也冷得像冰塊一樣。

「冷靜下來，麥斯。」我輕聲告訴自己，然後從暗暗的鏡子裡看見自己在喃喃自語著。

我跳了一段滑稽的舞步自娛，手在頭頂上搖擺，整個身體不停晃動。

「這個鏡子一點也不特別。」我大聲說。

我伸手觸摸鏡面。雖然房間裡很溫暖，鏡面摸起來卻涼涼的。

我的手從鏡面一直撫摸到鏡框，然後又沿著鏡框由上而下。鏡框摸起來很滑順，感覺也是涼涼的。

只是一面鏡子嘛！我終於鬆了口氣。只是一面某人很久以前放在這裡，然後遺忘了的老鏡子。

這句英文怎麼說

這個鏡子一點也不特別。
Nothing special about this mirror.

我手扶著鏡框，走到鏡子的後面。後面太暗了，根本看不清楚，似乎也沒有什麼有趣的東西。

那就把鏡子頂上的燈打開好了，我想。

我回到鏡子前面，站在離它大約一呎的位置準備伸手抓燈鏈的同時，有樣東西吸引了我的目光。

「哇！」

我放聲尖叫，因爲我看見鏡子下方有一雙眼睛——一雙瞪著我看的眼睛。

6.

我屏住呼吸，低頭窺視著鏡子下方的黑影。

那雙眼睛也凝視著我，眼神幽暗而邪惡。

我驚慌的叫喊，我把目光從鏡子上移開。

「左拐子！」我大叫道。我的聲音聽起來又尖銳、又緊繃，好像喉嚨被人扭緊似的。

左拐子站在門廊裡對著我笑。

我恍然大悟，原來鏡子裡的那雙眼睛是左拐子的。

我跑過去抓住他的肩膀。「你嚇死我了！」我尖聲低吼道。

「你太笨了。」他咧嘴大笑，並得意的說。

這句英文怎麼說

你不應該到這裡來的。
You shouldn't be up here.

我恨不得掐扁他。他還一副洋洋得意，自以為厲害的樣子。

「你為什麼跟蹤我？」我把他推到牆邊質問道。

左拐子聳了聳肩。

「好吧！那你上來這裡做什麼？」我連珠砲似的發問。

我現在還能夠感覺到那雙在鏡子裡面盯著我，令我毛骨悚然的黑眼珠。

「我聽見你的聲音，」左拐子解釋道，「我還沒睡啊。我聽見你經過我的房門，所以我就跟著你。」他背靠著牆，嘴角還在偷笑。

「你不應該到這裡來的。」我教訓他。

「你也是。」左拐子回嘴。

「下樓去睡覺！」我的聲音終於恢復正常，我故做正經的說。

「逼我啊！」左拐子動也不動的回答。眞是一句必勝的爭吵名言。

「我是跟你說眞的，」我堅持道，「回去睡覺。」

「不要，除非你逼我！」他狡猾的又說了一次。「我要告訴媽和爸你上來這裡。」他又接了一句。

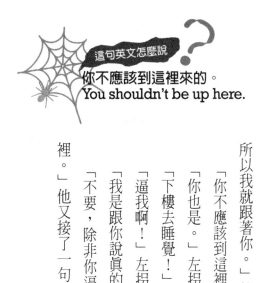

有時候我眞希望能賞他一拳。

不過我們是非暴力家庭。

每次我和左拐子打架時，爸爸和媽媽都會這麼說。「你們兩個住手，我們是非暴力家庭。」

有時候不能用暴力眞的很令人懊惱。知道我的意思吧？

現在就是個例子。但是看的出來我很難把左拐子甩掉。他打定了主意要和我待在閣樓上，看我怎麼對付那面鏡子。

我的心跳總算慢慢回復正常，我也鎭定了下來。我決定不跟他吵了，就讓他留下來。

我轉身回到鏡子前。滿幸運的，鏡子裡沒有另外一雙眼睛盯著我。

「你在做什麼？」左拐子問道。他從我身後冒出來，雙手還抱在胸前。

「只是檢查一下鏡子。」我告訴他。

「你要再隱形一次嗎？」左拐子問我。他就站在我的後面，從他嘴裡散發出的氣味聞起來酸酸的，像檸檬。

這句英文怎麼說

我也要試試看。
I want to try it, too.

「離我遠一點，」我轉過身，把他向後推了幾步。「你的嘴巴好臭。」

這句話當然又挑起了另一場無聊的口水戰。

我眞後悔上來這裡。我應該乖乖待在床上的。

最後，我總算說服左拐子站在離我約一碼的位置。眞是一大勝利。

我打了個呵欠，回到鏡子前面。我開始覺得想睡覺，也許是因爲閣樓裡的空氣悶熱；或者是因爲我再也提不起勁和我那白癡弟弟爭吵；還是因爲現在眞的很晚了，我也累了。

「我等一下會打開燈，」我伸手拉燈鏈，並告訴左拐子：「如果我又隱形了，你再告訴我。」

「不要！」他擠到我身邊，「我也要試試看。」

「不行！」我堅定的把他推走。

「可以的！」左拐子也用力推我。

我把他推回去。接著靈機一動，想到一個更好的辦法。「這樣好了，我們一起站在鏡子前面，然後我再拉燈鏈好不好？」

「好，就這麼辦！」左拐子的臉幾乎要貼到鏡子上，他的鼻子都快要碰到鏡子裡的鼻子。他全神貫注的站得筆直，僵硬的身體直到後來才緩和一點。

他看起來有夠好笑，特別是那一身綠色的睡衣。

我走上前站到他身邊。「祝我們消失不見！」我說。

我伸直手臂，抓住燈鏈，往下拉。

這句英文怎麼說

他看起來有夠好笑。
He looked ridiculous.

7.

鏡子上面的燈閃著光。

「啊！」我不禁大叫出聲。燈光實在太強了，照得我眼睛好痛。

然後強光迅速減弱，我的眼睛也逐漸調適過來。

我轉向左拐子，說了一些我已經忘了是什麼的話。因爲當我發現他不見了的時候，我的腦子唰的一片空白。

「左……左拐子？」我結結巴巴的說。

「我在這裡。」他回答。他的聲音聽起來就在附近，可是我看不到他。「麥斯……你呢？你在哪裡？」

「你沒看見我嗎？」我喊。

「沒有，」左拐子說：「我看不到你。」

我聞到左拐子嘴裡呼出來的酸味，所以我確定他就在那裡。可是他隱形了！不見了！消失了！

所以他們不是唬我的！艾倫、愛波和左拐子在上個星期六我的生日會後所說的都是眞的。

我眞的隱形了。

現在我又再次隱形了，而且還和我弟弟一起。

「喂！麥斯。」左拐子的聲音聽起來很細小，還發著抖。「這件事很詭異。」

「沒錯，的確是很詭異。」我同意道，「你眞的看不見我嗎，左拐子？」

「不但看不見你，我連自己也看不見。」他說。

鏡子。

我忘了檢查鏡子了。

鏡子還照得出我的影像嗎？

我轉身看著鏡子。

這句英文怎麼說

我忘了檢查鏡子了。

I had forgotten to check out the mirror.

燈光從鏡框的頂端撒下，在鏡面上形成一片閃爍的光亮。

我睜大眼睛看著鏡子，我……什麼都看不見！

鏡子裡沒有我。

也沒有左拐子。

鏡子上只照出我們後面的牆壁，和閣樓裡的走道。

「我們……我們沒有影像。」我驚訝的說。

「酷！」左拐子發言。他抓住我的手臂，害我嚇了一跳。

「喂！」我大叫。

被一個你看不見的人抓著，實在讓人發毛。

我回抓他一把，還搔他癢，左拐子笑了起來。

「我們的身體還在，」我說道，「只是我們看不到而已。」

左拐子想搔我癢，但是被我跳開了。

「喂，你去哪裡了，麥斯？」他呼喊我，聲音聽起來有點不安。

「試試看來找我呀。」我退到牆邊，故意嘲弄他。

「我……我沒辦法，」左拐子發著抖說：「回來好不好？」

「不要！」我回答：「我可不想再被搔癢。」

「我不會的，」他發誓道：「我保證。」

我走回到鏡子前。

「你回來了嗎？」左拐子畏畏縮縮的問。

「嗯，就在你旁邊聞你的臭嘴。」我跟他說。

接著他又開始搔我癢。這個小騙子。

我們只扭打了一會兒，因為和一個你看不見的人打來打去，實在太奇怪了。

「我很好奇如果我們到樓下去，是不是還能隱形。」我終於把他推開。「不知道我們可不可以就這樣從大門走出去。」

「去偷看別人？」左拐子提議。

「對喔！」我打了個呵欠，開始覺得有一點怪怪的。「我們可以去偷看女生什麼的。」

「正點！」左拐子回答。

這句英文怎麼說

我們現在可不可以回復原狀了？
Could we go back to normal now?

「記不記得媽和爸在電視上看的老電影？」我問他，「就是關於那些可以隨心所欲的出現又消失的鬼呀。他們從嚇人中得到很多樂趣呢！你知道嗎？就是跟人開玩笑，把大家搞瘋之類的。」

「可是我們又不是鬼。」左拐子顫聲回道。

我想這個「鬼」點子可能驚嚇到他了。

我也被嚇到了。

「我們現在可不可以回復原狀了？」左拐子問我：「我覺得不太對。」

「我也是。」我告訴他。我覺得全身輕飄飄的，好像要散了似的。反正就是……怪怪的。

「我們要怎麼變回去？」左拐子問。

「上次我只是再拉下燈鏈，把燈關掉，我就變回來了。就這麼簡單。」

「好，快點。」左拐子不耐煩的催促著。「現在就開始吧！」

「好。」我開始覺得有點暈，身體輕輕的，像是可以飄浮而去。

「快點！」左拐子急切的說。我聽出他的呼吸困難。

我伸手抓住燈鏈。「沒問題，」我告訴他：「我們馬上就變回去。」

我拉下燈鏈。

燈光熄滅了。

但是左拐子和我並沒有變回來。

這句英文怎麼說

我感覺到他拉著我隱形了的手臂。
I could feel him tug at my invisible arm.

8.

「麥斯——我看不見你！」左拐子哀號著。

「我知道。」我害怕極了。一股寒氣直冒到我的背上，我全身不停的打冷顫。

我輕聲回答：「我也沒看見你。」

「發生了什麼事？」左拐子哭喊道。我感覺到他拉著我隱形了的手臂。

「我……我不知道，」我口齒不清的說。「上次就是這樣啊，我把燈關掉，我就變回來了。」

我注視著鏡子，沒有任何影像，什麼也沒有。

沒有我，也沒有左拐子。

我僵在那裡，凝視著我們的影像應該出現的地方，害怕的無法移動。我滿慶

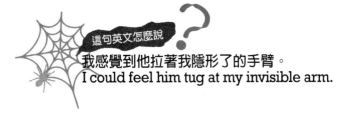

幸左拐子現在看不到我，因爲我可不想讓他看見我驚慌失措的樣子。

「再試一次，麥斯。」左拐子哭訴道：「拜託，快一點！」

「好，」我說，「但是你可不可以冷靜一點？」

「冷靜？怎麼冷靜？」左拐子痛哭著說，「假如我們都變不回去了怎麼辦？說不定再也沒有人可以看到我們？」

我突然覺得很不舒服，胃脹痛得難受。

振作起來，我告訴自己。麥斯，爲了左拐子，你一定要加油。

我伸直手臂想要抓住燈鏈，可是就是搆不著。

我又試了一次，還是失敗了。

突然就在這個時候，我變回來了，左拐子也是。

我們都看到對方，也在鏡子裡看見了我們的影像。

「我們變回來了！」我們兩個不約而同的大叫。我們如釋重負的鬆了一口氣，跌倒在地上笑成一團。太快樂了！

「噓！」我抓著左拐子摀住他的嘴，我忽然想到現在是半夜三更。「要是媽

這句英文怎麼說

你不像外表看起來那麼笨。
You're not as dumb as you look.

和爸逮到我們兩個在這裡，他們會宰了我們。」我壓低聲音警告他。

「爲什麼我們花了這麼久的時間才變回來？」左拐子注視著自己鏡子裡的影像，一本正經的問我。

「這可考倒我了。」我聳聳肩，思考了一會兒。「或許是你隱形的時間越久，你變回來所需要的時間也越長。」我說出我的看法。

「呃？那是什麼意思？」

「當我第一次隱形的時候，」我告訴他，「才消失了幾秒鐘。然後我把燈關了之後沒多久，就立刻變了回來。可是，今天晚上……」

「我們隱形的時間長多了，所以我們花了比較長的時間才變回來。我懂了。」左拐子說。

「你不像外表看起來那麼笨嘛。」我打著呵欠回答。

「你卻很像！」左拐子頂了回來。

我筋疲力盡的走出了小密室，並且示意左拐子跟著我離開。可是他卻有點遲疑的回過頭，瞥了一眼他在鏡子裡的影像。

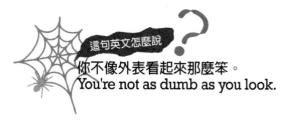

「我們必須告訴爸媽關於這面鏡子的事。」他深思著低聲說道。

「不可以！」我告訴他：「我們絕對不可以告訴他們。如果他們知道了，一定會把鏡子搬走，不讓我們使用它。」

左拐子若有所思的看著我。「我不認爲我還想用那面鏡子。」他輕聲說。

「可是我想。」我從門廊轉身回頭看著那面鏡子。「我還想再用一次。」

「做什麼？」左拐子打著呵欠問。

「嚇查克！」我竊笑著說。

查克一直到了星期六才有空來我家。他一踏進屋裡，我就迫不及待的想帶他到閣樓，讓他見識一下那面鏡子的神力。

最主要的是，我想嚇他個魂飛魄散。

可是媽堅持要我們先坐下來吃午餐——雞肉罐頭湯麵和花生果醬三明治。

我一口麵也懶得嚼，只是用最快的速度把湯吞下肚。左拐子坐在對面一直對我使眼色，我知道他跟我一樣想要趕快嚇嚇查克。

這句英文怎麼說

可是媽堅持要我們先坐下來吃午餐。

But Mom insisted that we sit down for lunch first.

「你的頭髮在哪兒剪的？」我媽問查克。她沿著餐桌一邊走，一邊皺著眉打量著查克的頭。我看得出她對查克那頂頭髮厭惡極了。

「在快剪手髮廊。」查克吞下塞了滿嘴的花生果醬三明治後回答她，「就是在百貨公司裡的那間。」

我們一夥人聚精會神的研究查克的髮型。我是覺得還滿酷的。左邊剃得非常短，然後右邊卻留得很長。

「眞是與衆不同。」我媽媽說。

大家心知肚明，其實媽很不欣賞查克的新髮型。我想她是爲了避免尷尬，才故意用「與衆不同」這四個字來掩飾。假如我把頭髮剪成那個樣子，媽不把我掐扁才怪！

「你媽看了怎麼說？」媽又問查克。

「沒說什麼。」查克笑著回答。

大夥兒都笑了。我一直瞄著時鐘，急著想快點上樓去。

「要不要來點巧克力蛋糕？」當我們吃完了三明治，媽接著問。

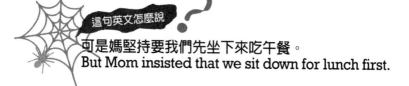

查克正要開口說好，就被我給打斷了。「我們可不可以等一下再吃點心？我們都已經飽了。」

我飛快的起身把椅子推開，揮手要查克跟上來，而左拐子早就跑上了樓梯。

「喂——你們跑那麼快上哪兒去？」媽在我們後面喊道，並跟著來到了走廊。

「嗯……樓上啊……去閣樓。」我告訴媽。

「閣樓？」媽疑惑的皺起臉來。「那上頭有什麼好玩的？」

「有……有很多舊雜誌，」我撒了個謊，「那些雜誌很有趣，我想拿給查克看。」還好我腦筋動得快。通常我對編故事並不是很在行。

媽盯著我看。我想她不太相信我說的話，不過她還是轉身走回廚房。「你們好好玩吧！別把閣樓弄得太髒亂了。」

「我們不會的。」我告訴她。我領著查克走上陡斜的樓梯，左拐子已經在閣樓裡等我們了。

閣樓裡的溫度比樓下熱上好幾百度，我一進到裡頭馬上開始流汗。

查克站在我後面幾呎遠的地方查看四周。「這裡只有一堆舊垃圾，有什麼好玩的？」查克問道。

「你很快就知道了！」我神祕兮兮的說。

「在這邊。」左拐子急忙呼喚我們，然後跑向在遠遠牆壁邊的小密室。他大概是興奮過度，竟然不小心讓壘球從手裡掉了下來，球滾到他面前把他絆了一跤，只見他臉朝下的撲倒在地板上，發出「咚」的一聲。

「我故意跌倒的！」左拐子開玩笑的解釋道，他迅速從地上爬起來，一跛一跛的追向滾到另一邊的球。

「你弟是橡皮做的嗎？」查克大笑。

「跌倒是他的嗜好，」我說：「他一天大概要跌個一百次。」我可沒有誇大哦。

過了一會兒，我們三個已經站在密室裡的鏡子前面。即使是陽光普照的下午，密室裡還是像之前一樣幽暗陰黑。

查克看了看鏡子，又回頭看了看我，一臉茫然的樣子。「這就是你要秀給我看的東西？」

「是啊！」我點點頭。

這句英文怎麼說

這就是你要秀給我看的東西？
This is what you wanted to show me?

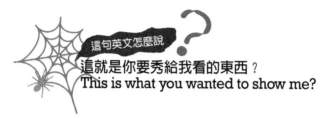

「你什麼時候開始對傢具感興趣的？」查克問我。

「你不覺得這面鏡子很有趣嗎？」我反問他。

「不覺得，」他說，「我不覺得哪裡有趣。」

左拐子笑出聲來。他把壘球往牆壁丟出去再接住。

我故意拖延時間。查克正經歷他有生以來的大驚奇，我想要先讓他糊里糊塗的摸不著頭緒。因爲查克老是這麼對我，他每次都裝得自己知道很多事情的樣子，如果我表現不錯的話，他才會讓我知道一些。

哼！現在我可知道一些他不知道的事了，我當然得充分把握機會，好好整整他才行。

但是我又等不及想看看當我在他眼前消失時，查克臉上的表情。

「我們到外面去吧！」查克不耐煩的說：「這裡太熱了，我帶了腳踏車來，我們何不騎車到學校後面的遊戲場，看看誰在那裡好不好？」

「晚一點再說吧，」我回答他，接著轉身朝左拐子露齒一笑。「我該不該讓查克知道我們的祕密？」

這句英文怎麼說

我跟你打賭我可以從空氣中消失。
I'll bet you I can disappear into the mirror.

左拐子聳聳肩，也朝著我笑。

「什麼祕密？」查克質問。

我知道他受不了被人蒙在鼓裡，他最不能忍受別人隱藏任何他不知道的祕密。

「秀給他看！」左拐子說，並把壘球往上扔。

我摸摸下巴，假裝考慮著。「這個嘛……好吧！」我比劃著要查克站到我身後。

「你要對著鏡子做鬼臉嗎？」查克一邊猜測，一邊不置可否的搖搖頭。「這有什麼了不起！」

「不是，那算哪門子祕密。」我對他說。我站在鏡子前面，欣賞自己的影像，鏡子裡的我也在欣賞著。

「注意看！」左拐子站到查克旁邊提醒他。

「我在看，我在看。」查克不耐煩的說。

「我跟你打賭我可以從空氣中消失。」我告訴查克。

「是哦！」他在嘴裡嘀咕著。

左拐子笑了起來。

「你要賭多少錢？」我問道。

「兩分錢（美金）吧！」查克說。「這是一面整人鏡還是什麼的？」

「類似那樣，」我告訴查克，「十塊錢美金如何？跟我賭十塊錢美金？」

「啊？」

「別賭了啦，快秀給他看啦！」左拐子插嘴，他在一旁焦急的跳上跳下。

「我有一套魔術盒在家裡，」查克對我們說，「我可以變超過一千種小魔術。不過那都是一些哄小孩的把戲。」查克冷眼嘲笑我們。

「沒有任何把戲能跟這個比。」我信心滿滿的說。

「快點表演完，我要去外面玩。」查克抱怨道。

「噠啦！」我奏了一小段歡迎樂，站到鏡子前的中間位置，然後伸出手拉住燈鏈。

我往下一拉，鏡子上面的燈亮了。剛開始灼亮的刺眼，接著像上次一樣慢慢

這句英文怎麼說

我可以變超過一千種小魔術。
I can do over a thousand tricks.

黯淡下來。

然後我就不見了。

「嘿！」查克大喊，踉蹌的往後退。

他真的是被驚嚇得站不穩腳。

隱形的我從鏡子前轉身，愉悅的觀看查克目瞪口呆的反應。

「麥斯？」他喊叫著我，一雙眼睛在房間裡四處搜尋。

左拐子在一旁笑到快不行了。

「麥斯？」查克的聲音聽起來真的很擔心。「麥斯？你是怎麼辦到的？你在哪裡？」

「我就在這裡。」我回答。

查克聽到我的聲音反而跳了起來。左拐子笑得更激動了。

我伸手拿走左拐子手裡的壘球，並瞥了一眼鏡子中的影像，球好像飄在半空中。

「喂——接住，查克！」我把球丟向他。

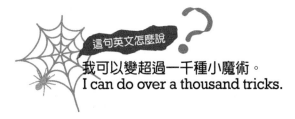

查克嚇得呆若木雞，動也不動，球從他胸前彈走。「麥斯？這個把戲是怎麼弄的？」他詢問我。

「這不是個把戲，這是眞的！」我說道。

「嘿，等等……」他的臉上閃過懷疑的表情。他連忙跑到鏡子的後面。我想他以爲我就躲在後面。

「是不是有個活動門還是什麼的？」查克看起來非常的失望，因爲他沒有在鏡子後面找到我。他回到鏡子前面，蹲下來用手在地板上摸來摸去的，想找出活動門。

我彎下腰，把查克的T恤拉上來蓋住他的頭。

「喂——住手！」查克大吼，生氣的站起來。

我搔他的肚皮。

「住手，麥斯。」他扭動著身體逃開，雙手前搖後晃的想打我。查克現在看起來眞的很害怕，他費力的喘著氣，臉都漲紅了。

我又把他的T恤拉了起來。查克急忙把衣服拉回去。「你眞的隱形了嗎？」

這句英文怎麼說

我搔他的肚皮。
I tickled his stomach.

他的聲音又尖又高，大概只有狗才聽得見。「是眞的嗎？」

「很棒吧，對不對？」我在他的耳邊說。

他嚇得彈跳開。「感覺怎麼樣？會不會很奇怪？」

我沒有回答他。我悄悄的走出房間，從門外搬了一個硬紙箱走到鏡子前面。看起來帥呆了——一個飄在空中的紙箱。

「放下來，」查克命令我，他的聲音充滿了恐懼。「你們快把我搞瘋了！麥斯，住手好嗎？快變回來讓我看。」

我想要繼續折磨他，但是我看他幾乎快崩潰了；除此之外，我又開始覺得怪怪的，有點暈暈的、頭昏腦脹的感覺。灼亮的燈光讓我的眼睛很不舒服，也漸漸看不清楚。

「好吧！我要變回來了。」我宣布道，「仔細看！」

我傾身斜倚著鏡子，伸手去拉燈鏈。剎那間我覺得非常疲累，沒有什麼力氣。我費了九牛二虎之力才用手纏住燈鏈。

我有一種奇怪的直覺，覺得鏡子好像把我拉住，把我拖向它，捉著我不放。

憑著一股強烈的意志力，我使勁拉下了燈鏈。

燈滅了，房間暗了下來。

「你在哪裡？我還是看不見你啊！」查克叫喊著，他的聲音透露著不安。

「放心啦！」我告訴他，「等幾秒鐘就好了，我隱形的時間越長，變回來的時間就要越久。」我又加了一句，「我想應該是這樣。」

盯著空無一物的鏡子，等著我的影像出現。我突然驚覺到自己一點都不清楚這面鏡子的一切，更不了解它是怎麼把我變不見，又是如何把我變回來的。

我的腦子裡霎時轉出各式各樣驚悚的問題：

我怎麼能確定自己會自動重新出現？

說不一定一個人只能變回來兩次？如果你隱形到了第三次，就得永遠隱形下去，再也變不回來？

假如鏡子破了怎麼辦？說不定這面鏡子之所以被鎖在小密室裡，是因爲它的功能有問題，它會把人永久的隱形？

說不定我再也變不回去了？

這句英文怎麼說

麥斯，怎麼這麼久？
Max, what's taking so long?

不，不會的！我告訴自己。

可是時間一分一秒的過去了，我的身體還是不見蹤影。

我觸摸著鏡子，我隱形了的手在平滑冰冷的鏡面上摩擦著。

「麥斯，怎麼這麼久？」查克的聲音在發抖。

「我不知道。」我的聲音聽起來跟查克一樣惶恐。

然後，突然間，我變回來了！

我專注的凝視著自己在鏡子裡的影像，並慶幸自己回復原來的面貌，一朵微笑在我臉上綻開。

「噠啦！」我唱出勝利的樂聲，轉身面對我那個還在發抖的朋友。「我在這兒！」

「哇！」查克驚呼，他的嘴張成一個充滿驚奇的O字型。「哇——」

「我知道，」我笑著說：「很酷吧？」

其實我自己也還沒完全鎮定下來，不但膝蓋無力，還汗流浹背的渾身打哆嗦。你可以體會這種感受吧？

可是我故意不去在意。我好不容易有機會做了一件查克從來沒做過的事，我要好好享受現在光榮的片刻。

「太神奇了！」查克專注的看著鏡子讚嘆道。「我非得試試不可！」

「嗯……」我不確定我想讓他也試試看，那我得負很大的責任欸。我的意思是說，要是出什麼差錯的話怎麼辦？

「你一定要讓我試試！」查克纏著我不放。

「喂——左拐子呢？」我飛快的巡視著小密室。

「啊？左拐子？」查克也跟著找。

「我忙著隱形，竟然忘了左拐子的存在。」我放聲喊道，「喂，左拐子！」

沒有回答。

「左拐子？」

還是安靜無聲。

我快速的走到鏡子後面去，他也不在那裡。我一邊呼喊著他的名字，一邊走到門口探頭往閣樓裡瞧。

這句英文怎麼說

我用力的嚥下口水。
I swallowed hard.

連個影子也沒有。

「他就站在這裡，就在鏡子前面。」查克臉色蒼白的說。

「左拐子？」我又喊道。「你在哪裡？你聽見我的聲音了嗎？」

一片寂靜。

「眞奇怪。」查克說。

我用力的嚥下口水，突然覺得肚子好像吞了一塊大石頭般的難受。

「他明明就在這裡，就在這個地方的。」查克用高亢、恐懼的聲音說。

「可是，他現在不見了。」我盯著鏡子裡陰暗的影像自言自語著。「左拐子不見了。」

9.

「或許左拐子也隱形了。」查克假設道。

「那他爲什麼不回答我們？」我大聲說道。並再次呼喚我弟弟：「左拐子——你在嗎？你聽到我在叫你嗎？」

沒有回應。

「都是這面笨鏡子！」我走向鏡子，生氣的拍打著鏡框。

「左拐子？左拐子？」查克把兩隻手在嘴邊圈成擴音器狀，站在小密室的門口往閣樓裡頭喊。

「我簡直不敢相信。」我虛弱的說。

我的雙腳抖得很厲害，無力的跌坐在地上。

這句英文怎麼說

或許左拐子也隱形了。
Maybe Lefty went invisible, too.

然後我聽見咯咯的笑聲。

「咦?左拐子?」我跳起來。

更多咯咯的笑聲從我搬進來的硬紙箱後面傳來。

我衝向紙箱，剛好撞見左拐子從後面冒出來。「被騙囉!」他大喊一聲，然後趴倒在紙箱上，手拍著地板笑得人仰馬翻。

「被騙了，你們都被我騙了!」

「你這個小魔鬼!」查克吼叫。

他和我同時撲向左拐子，我把左拐子的兩隻手臂反折到背後，直到他尖叫爲止；查克則是把左拐子的頭髮弄亂，然後不停的搔他癢。左拐子同時又叫、又笑、又扭、又哭的。

我往他肩膀上重重的捶了一拳。

「不准你再玩這種把戲。」我生氣的說。

左拐子竟然還在笑，所以我用力的推開他，站起身來。

查克和我氣喘如牛，脹紅著臉，氣急敗壞的瞪著左拐子。那小子滿身灰塵的在地上滾來滾去，笑得跟個神經病一樣。

「你把我們兩個給嚇死了，你眞的嚇壞我們了！」我火冒三丈的對左拐子說。

「我知道。」左拐子得意的回答。

「我們再多捶他幾下。」查克雙手握拳的提議道。

「好。」我附和著說。

「你們得先抓到我！」左拐子叫著，一溜煙的跑出門外。

我急起直追，沒想到卻踢到一堆舊衣服，然後頭先著地的撲倒在地板上。

「噢！」我的腿跌得不輕，一陣刺痛竄入我的身體。

我慢慢爬起身來，打算繼續去追左拐子，不過從閣樓傳過來的聲音讓我停下了腳步。

艾倫的頭先出現，再來是愛波。

左拐子正滿臉通紅、全身是汗的坐在閣樓底端的窗臺上喘息。

「嘿！怎麼樣啊？」我拍拍牛仔褲上的灰塵，用手理了理頭髮，然後向女生們打招呼。

這句英文怎麼說

你們得先抓到我！
You'll have to catch me first!

「你媽媽說你們在這裡。」艾倫說。她看看左拐子，又看了看我。

「你們在這裡做什麼？」愛波問我。

「呃……只是在這打發時間。」我邊說邊狠狠的瞪了左拐子一眼；他則是吐出舌頭回敬我。

愛波從一落發黃的雜誌中挑出一本老舊的《生活》雜誌翻了起來。當她翻閱的同時，書頁也隨之碎爛。「好噁哦！」她邊說邊把書給扔下。「這眞是些遠古時代的東西。」

「這就是閣樓的用處。」我回道，我覺得自己正常了些。「有聽說過誰會把新東西放在閣樓的？」

「哈——哈！」左拐子諷刺的乾笑。

「鏡子呢？」艾倫一邊問，一邊走到閣樓的中央，「就是上個星期六製造出古怪視覺幻象的那面。」

「不是視覺幻象。」我衝口而出。說眞的，其實我不想再和那面鏡子有任何瓜葛。經過這一下午的折騰，我可是嚇夠了。

可是那些話還是從我嘴裡吐了出來。

我就是不能保守祕密，這的確是我人格上的一大缺點。

「你說的是什麼意思？」艾倫頗感興趣的問。她經過我身邊，走向門開著的小密室。

「你的意思是，上禮拜發生的事，不是眼睛的幻覺？」愛波邊問邊跟著艾倫的腳步。

「也不是那樣說啦！」我回道，並瞥了左拐子一眼。他還是坐在窗臺上，沒有移動的意思。「那面鏡子有著神奇的力量，它眞的可以讓你隱身消失。」

「是喔，跟眞的一樣。」愛波不屑的譏笑道，「我今天晚餐後還要坐盤子飛到火星上去呢！」

「是眞的！」我低聲說，並將目光轉向艾倫。「我說的都是眞的。」

「你是想說服我們，上個星期你在那個房間裡消失，是被隱形的？」艾倫滿臉懷疑的看著我。

「我不是要說服妳們，」我激動的說，「我只是告訴妳們事情的眞相！」

這句英文怎麼說

他躲到哪兒去了？
Where's he hiding?

愛波笑了起來。

艾倫一直盯著我瞧，仔細端詳著我的臉。「你是說正經的。」她做下結論。

「那只是一面魔術鏡而已。」愛波告訴艾倫：「鏡子上面的燈很亮很亮，導致你的眼睛渾淆不清。」

「變給我們看。」艾倫對我說。

「對啊，變給她們看！」左拐子急切的附和道。他從窗臺上跳下來，跑向小密室。「這次換我先玩，讓我來！」

「不行。」我說。

「我來試！」艾倫自告奮勇。

「嘿！你們知道誰也在這裡嗎？」我邊問著兩個女生，邊跟著他們走進密室。

「查克也來了。」我呼喚他，「喂，查克，艾倫想要隱形，我們要讓她加入嗎？」

我踏進密室。

「查克？」

「他躲到哪兒去了？」艾倫問。

我倒吸一口氣。
鏡子的燈是亮的。
查克不見了。

這句英文怎麼說

忽然間，壘球從左拐子手上浮了起來。
Suddenly, the softball floated up from Lefty's hand.

10.

「噢，不！」我驚叫道，「我不相信……！」

「查克隱形了。」左拐子笑著告訴艾倫和愛波。

「查克——你在哪裡？」我生氣的叫著他。

忽然間，壘球從左拐子手上浮了起來。「喂，還給我！」左拐子放聲大叫，但是隱形人查克把球拿到左拐子搆不到的地方。

艾倫和愛波目瞪口呆的看著那顆球飄浮在半空中。

「嗨！女孩們！」查克低沉的嗓音從鏡子前面傳來。

愛波驚叫著抓住艾倫的手臂。

「別鬧了，查克！你隱形多久了？」我問他。

「我不知道耶。」壘球飛回左拐子那兒，但是他漏接了，只得追著跑出密室，追進閣樓裡。

「到底多久，查克？」我追問。

「大約五分鐘吧，我猜。」他回答。「你去追左拐子的時候，我把燈打開就隱形啦！然後我聽見你和艾倫跟愛波在說話。」

「你已經隱形這麼久了？」我問道，心情慌亂、煩躁了起來。

「對啊，這眞是太棒了！」查克興奮的說。可是接著他的音調突然露出一絲憂慮，他說：「不過，我……我開始覺得有點怪怪的耶，麥斯。」

「怪怪的？」艾倫朝著查克聲音傳來的方向問，「你說怪怪的是什麼意思？」

「有點暈暈的，」查克虛弱的回答，「所有的東西好像都被打散了，你們知道嗎？就像電視壞了畫面出不來。我的意思是，你們越來越模糊了，似乎離我越來越遠。」

「我馬上把你變回來。」不等查克回話，我伸手一把拉下燈鏈。燈關了，黑暗似乎襲捲進密室，把鏡子包裹在灰色的陰影中。

這句英文怎麼說

我看不到我自己！
I can't see myself.

「他呢？」愛波高叫道，「這招不管用，查克沒有變回來啊！」

「需要一點時間。」我解釋。

「要多久？」愛波問我。

「我不是眞的很確定。」我告訴她。

「爲什麼我還沒變回去？」查克問道。他就站在我的身旁，我的脖子感覺到他呼吸的氣息。「我看不到我自己！」他的聲音聽起來充滿了恐懼。

「不要緊張。」我強迫自己鎭定的說，「你也知道要費些時間，特別是你又隱形了那麼長的一段時間。」

「可是要等多久？」查克哭了起來，「我現在不是應該變回來了嗎？我記得你也是差不多這時候變回來的。」

「保持冷靜！」我努力安撫他，雖然我的胃在翻攪，喉嚨也乾渴起來。

「太可怕了，我討厭這樣。」愛波抱怨道。

「耐心點，」我溫柔的說，「大家要有點耐心。」

我們一會兒盯著我們認爲查克站著的地方，一會兒盯著鏡子，就這樣看來看去。

「查克，你覺得怎麼樣？」艾倫顫聲問。

「詭異！」查克回答，「覺得我好像永遠都回不來了。」

「別這麼說！」我激動起來。

「可是我現在就是這麼覺得的啊！」查克哀傷的說，「好像我永遠都回不來了。」

「鎮定一點，」我對大家說，「大家鎮定一點。」

我們沉默的站在那裡。看著，等著。

繼續等著。

而我這輩子從來沒有如此的害怕過。

這句英文怎麼說

好像我永遠都回不來了。
Like I'm never coming back.

11.

「想點辦法！」依然隱形的查克拜託道。「麥斯——你得想個辦法出來！」

「我……我最好去把媽給找來。」左拐子結結巴巴的說。他把球扔到地板上，然後衝向門邊。

「媽？找媽來有什麼用？」我失去理智的吼道。

「可是我們最好找個大人來啊！」左拐子說。

就在這時候，查克搖搖晃晃的出現在我們眼前。

「噢！」他長呼一聲，彷彿鬆了口氣似的癱坐到地板上。

「耶！」艾倫高興的放聲大叫，拍著手和我們一起圍繞在查克身邊。

「感覺怎麼樣？」我抓著他的肩膀問，似乎想要確定他是不是眞的回來了。

「我回來了！」查克笑著歡呼道。「我只關心我回不回的來而已。」

「剛才真是恐怖。」愛波輕聲說，她把手放進白色網球短褲的口袋裡。「真的很嚇人。」

「我一點也不害怕，」查克突然變了個口氣，「我知道不會有問題的。」

你相信這傢伙嗎？

前一秒鐘還哭哭啼啼的求我想辦法救他。下一秒鐘馬上裝得一副自信滿滿的樣子。

好個臭屁先生。

「隱形的感覺怎麼樣？」艾倫一隻手搭在鏡框上問查克。

「太棒了！」查克回答。他搖搖晃晃的站了起來。「真的是太棒了！星期一上學之前我要再隱形一次，這樣我就可以到女生的更衣室裡面偷看。」

「你真是個大豬哥，查克！」艾倫鄙夷的罵他。

「如果不能偷看女生，那還隱形幹嘛？」查克問道。

「你確定你沒事嗎？」我發自內心的關心道：「我覺得你看起來有點不對

這句英文怎麼說

我只知道一件事情。

I only know one thing.

勁。」

「說實在的，我到最後還真的開始覺得有點怪怪的。」查克抓著後腦勺坦白的說。

「什麼意思？」我問他。

「嗯……好像我會被拉走的感覺，被拉離開房間，離開你們。」

「被拉到哪裡？」我繼續追問著。

「我也不清楚。」查克聳聳肩。「我只知道一件事情。」笑容在查克的臉上浮現，他的藍眼睛似乎在發亮。

噢！我悶哼。

「我只知道一件事情……」查克又說了一遍。

「什麼事？」我得問個明白。

「我是新任的隱形冠軍，我隱形的時間比你們都長，至少有五分鐘，比任何人都久。」

「可是我一次都沒有試過！」艾倫不服氣的抗議。

「我連試都不想試！」愛波說。

「膽小鬼？」查克挑釁的說。

「我認為你們是笨得可以，才敢亂玩那面鏡子。」愛波氣忿的說：「你們不曉得那不是玩具嗎？你們一點也不清楚它到底是什麼，你們甚至不知道它究竟會不會對你們的身體有任何影響。」

「我覺得很好啊！什麼事也沒有。」查克像猩猩一樣握拳搥胸，向我們證明他一切安好。他看著陰暗的鏡子說：「我已經準備好再試一次，而且我這次要隱形得更久。」

「我也要隱形！我要到外面捉弄別人。」左拐子興高采烈的說，「下一個可以換我了嗎，麥斯？」

「我……我想還是不要……」我認眞思考愛波說的話，我們確實並不瞭解會產生什麼結果，說不一定我們再這麼亂玩下去，眞的會有危險。

「麥斯必須再玩一次，這樣他才有機會打敗我的紀錄。」查克重重的拍著我的背，害我差點撞到鏡子。他輕蔑的笑著對我說：「除非你也是個膽小鬼。」

這句英文怎麼說

我可以破查克的紀錄。
I can break Zack's record.

「我不是膽小鬼！」我立刻反駁道，「我只是認為……」

「你就是！」查克譏笑的誣賴我。接著他大聲發出咯咯的叫聲，然後彎起雙臂學母雞拍翅膀。

「我不是膽小鬼，讓我來。」左拐子請求道，「我可以破查克的紀錄。」

「這次輪到我才對，」艾倫堅持著，「你們全都玩過了，我連一次也沒玩過！」

「好吧，」我無奈的聳聳肩。「就讓艾倫先玩，然後再輪到我。」我很慶幸艾倫這麼想先試試看，因為我還不想那麼快又隱形一次。

說實在的，我覺得心裡七上八下的非常緊張。

「下一個是我！」左拐子堅持他是下一個。「下一個是我！下一個是我！」他一遍又一遍的對我疲勞轟炸。

我用手堵住左拐子的嘴。「也許我們應該到樓下去。」我建議道。

「怕了嗎？」查克挑釁的說：「你想臨陣脫逃？」

「我不知道，查克。」我誠實的說，「我覺得……」我看見艾倫注視著我，她臉上浮現的是失望的表情嗎？難道艾倫也認為我是個膽小鬼？

「好吧！」我說：「去吧，艾倫。妳先，然後是我，再來是左拐子。我們都要打敗查克的紀錄。」

艾倫和左拐子高興的拍手；愛波翻翻白眼嘆了口氣；查克則在偷笑。

我告訴自己，沒什麼大不了的。都已經試過三次了，完全不痛不癢。只要保持冷靜、耐心的等待，就會毫髮無傷的變回原來的樣子。

「有誰戴了手錶來嗎？」艾倫問大家：「我們需要計時，這樣才知道誰破了紀錄。」

我看的出來艾倫對這個比賽非常投入。

左拐子好像也很興奮。至於查克嘛，只要是「比賽」他都參加。

只有愛波對這整件事很不高興，她不發一語的走到後面，靠牆坐在地板上，雙手放在膝蓋上。

「嘿，妳是唯一戴手錶的，」艾倫對愛波說，「妳來當計時員好不好？」

愛波不置可否的點點頭，然後舉起手腕，看著她的手錶。「好，準備——」

艾倫深深吸了一口氣，站到鏡子前面。她閉起眼睛，手舉高拉住燈鏈。

這句英文怎麼說

我根本不覺得有什麼不一樣。
I don't feel any different at all.

燈閃出一道強光，艾倫消失了。

「嘿，哇！」艾倫喊出聲來，「這眞是太酷了！」

「是什麼感覺？」愛波從我們身後發問，她的眼睛從鏡子游移到手錶上。

「我根本不覺得有什麼不一樣，我的身體就這麼不見了，」艾倫回答，「眞是個減肥的好方法！」

「十五秒。」愛波宣布。

「住手，艾倫！」左拐子的頭髮忽然全都直豎起來，他叫著從看不見的手掙脫開。

我們聽見艾倫的笑聲從左拐子附近傳來。

接著我們聽見她從房間走進閣樓的腳步聲，一件舊外套忽的飄起來，在半空中跳舞。等外套落到原來的紙箱裡面後，一本舊雜誌飛了起來，一頁一頁像被快速翻閱過似的翻著頁。

「太好玩了！」艾倫開口對我們說，雜誌被丟回書堆裡。「我眞想就這樣到外面去，好好嚇壞一幫人！」

「一分鐘。」愛波持續計時，她從頭到尾都維持靠牆坐的姿勢。

艾倫在閣樓裡又繞了一陣子，不是讓東西飛起來，就是讓東西飄在半空中。後來她回到小密室去欣賞鏡子裡的自己。

「我真的隱形了耶！」我們聽見她欣喜若狂的說，「我好像是在電影裡頭，還是哪個神祕的地方。」

「是啊，很棒的特效！」我說。

「三分鐘。」愛波宣布。

艾倫繼續享受她的奇妙之旅，一直到過了四分鐘之後，她的聲音突然轉變，語氣開始變得疑惑不安。

「我……我不喜歡這種感覺，」她說：「我覺得有點奇怪。」

「把她變回來！」愛波跳起來衝到我面前命令道：「快點！」

我遲疑了一下。

「把我變回去！」艾倫虛弱的說。

「可是妳還沒有破我的紀錄！」查克嚷著：「妳確定——？」

「嗯……拜託，我覺得不太舒服。」艾倫的聲音聽起來好像忽然變得很遠。

我走向鏡子，拉下燈鏈，燈關了。

我們等著艾倫出現。

「妳感覺怎麼樣？」我問她。

「就是……怪怪的。」艾倫回答。她就站在我旁邊，但是我還看不到她。

過了快三分鐘艾倫才出現，這三分鐘過得緊張萬分。

當艾倫的身影漸漸浮現時，她全身好像剛洗完澡的狗在甩水似的抖動著。然後她微笑著向我們證明她沒事。「我還好，真的很好玩，除了最後幾秒鐘有點不舒服以外。」

「妳沒破我的紀錄。」查克得意的跟艾倫報告。「已經很接近了，可惜妳自己放棄了。哎！女生就是這樣。」

「喂——」艾倫用力推他一把。「別再當個討人厭的傢伙。」

「只要再十五秒妳就贏過我了，可是妳卻退縮了！」查克還是閉不了嘴。

「我不在乎，」艾倫面有慍色的對著查克說，「我覺得這次的經驗很棒，下

這句英文怎麼說

可是你還沒有破我的紀錄！

But you haven't beaten my record!

一次我會打敗你的，查克。」

「冠軍將會是我。」左拐子跟大家宣布：「我要隱形一整天，也許兩天！」

「喂！」我大聲說。「左拐子，那樣可能會有危險。」

「下一位是麥斯，」查克點名道。「除非你想要棄權。」

「誰說我要棄權。」我看著艾倫說。我不太甘願的踏到鏡子前面，深吸了一大口氣。「好了，查克，和你的世界紀錄道別吧！」我想要讓自己聽起來很沉穩，而且信心十足。

我承認，我實在不想再隱形。可是我更不想在一堆人面前退縮的出糗。就拿一件事來說好了，假如我真的畏縮不前的話，我知道往後的日子裡，左拐子大概會每天在我耳邊唸個二、三十遍，提醒我當時的窘況。

所以我決定從容赴義。

「還有一件事，」我交代查克，「當我大叫『好了』的時候就表示我要回來，所以只要我一說『好了』，你就立刻關燈，聽清楚了嗎？」

「知道了。」查克表情嚴肅的對我說，「別擔心，我一定馬上帶你回來，就

這句英文怎麼說

查克，和你的世界紀錄道別吧！
Zack, say good-bye to your record.

像這樣。」說著他啪的彈了一下指頭。「記住，麥斯，你一定要超過五分鐘喲。」

「好，要開始了。」我盯著自己在鏡子裡的影像說。

我突然有不好的預感。

眞的很不好的預感。

可是我依然伸手拉下燈鏈。

12.

當燈光逐漸減弱時，我專注的看著鏡子裡面。

裡面的影像明亮清晰。我看到愛波靠在牆邊，默默的坐在地上，緊張的瞪著她的錶。

左拐子站在牆壁右邊不遠的地方，傻笑的看著我剛剛站的位置。查克則站在左拐子的旁邊，雙手抱胸，跟我一樣盯著鏡子裡看。艾倫貼著牆站在左邊，她的目光向上望著鏡框上面的燈。

我呢？

我在哪裡？

我站在鏡子前面，就在正中央的位置，看著每個人的影像，看著我的影像應

這句英文怎麼說

燈的電是從哪來的？我想不透。
What was the light's power? I wondered.

該出現的地方。

只是它不在那裡。

我並不覺得有什麼特別不對勁的。

我踢地板想實驗看看，我的隱形運動鞋像平常一樣發出吱吱的摩擦聲。

我用右手捏我的左臂，沒有任何異樣。

「喂，你們！」我喊道。聲音聽起來跟以往相同。

一切都沒變，只是我隱形了。

我抬頭看著燈，黃色的燈光從上面照下來，形成一個長方形的光罩將鏡子圍在其中。

燈的電是從哪來的？我想不透。

它會不會是影響你身體的分子狀態，讓分子分裂，所以才不會被人看見？

不可能，這個理論行不通。

如果我的分子已經分裂了，我應該會有感覺，而且我也不可能再踢地板、捏手臂，甚至說話了。

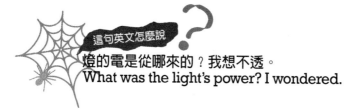

那麼這盞燈究竟有什麼作用？難道它能把人遮住？

燈光的作用就像一件毯子還是什麼的，能把人蓋住，把人藏起來，不讓你自己或其他人發現？

這眞是個謎！

我覺得我永遠也沒辦法解開這個謎題，永遠也不可能知道答案。

我把視線從燈光上移開，因爲它開始刺痛我的眼睛。

我閉起眼睛，但是強光還在，兩團白色的光球拒絕從我眼裡黯去。

「你還好嗎？麥斯。」艾倫的聲音打斷了我的思緒。

「我想還好吧！」我回答的聲音怪怪的，好像從很遠的地方發出來似的。

「四分三十秒。」愛波宣布時間。

「時間過得眞快。」我說。

至少我認爲我是說出來的。我發現我無法清楚辨別我是在說話，還是只是想著那些話。

灼亮的黃色燈光變得更加刺眼。

這句英文怎麼說

時間過得真快。
The time went so fast.

我忽然覺得燈光撒向我，把我包圍了起來。拉著我。

「我……我覺得不太對。」我說。

沒有人回答。

他們聽見我說話了嗎？

燈光籠罩住我，我覺得自己浮了起來。

那是一種很恐怖的感覺，好像我不能控制自己的身體。

「好了！」我尖叫著說，「查克——好了！你聽見了嗎？查克！」

感覺上查克好像拖了好幾個小時才回答我，我終於聽見他說：「知道了！」

他的聲音聽起來好小聲，好像離我有好幾公里那麼遠。

「好了！」我求救的喊：「好了——好了！」

「知道了！」我再一次聽見查克回答我。

燈光非常強烈，好像快要把人眼照瞎了似的刺眼。一波又一波像海浪般的黃色燈光，就快要把我吞沒了。

然後把我捲走。

「快關燈，查克！」我害怕的尖叫。

至少我是這麼認爲。

燈光把我纏得緊緊的，拖著我越飄越遠、越飄越遠。

我知道我就快要飄走了，永遠這麼在空中飄。

除非查克拉下鏈子關燈，把我帶回來。

「拉下它呀！快拉！拜託你，快拉呀！」

「好、好、好。」我看見查克走向鏡子，雖然現在我的眼睛看到的他只是一個模糊的黑影。

他在燈光的另一邊，穿過許多黑影走過來。

看起來是那麼的遙不可及。

我覺得自己輕得像根羽毛。

我在許多黑影當中看見查克。

他跳起來拉住燈鏈，用力的往下拉。

這句英文怎麼說

我知道我就快要飄走了。
I knew I would float away.

可是燈沒有被關掉，反而更亮了。

我看見查克臉上恐懼的表情。

他抬起手，好像要我看他手裡的東西。

燈鏈在他的手上。

「麥斯，燈鏈……」他吞吞吐吐的說：「燈鏈斷了，我沒辦法關燈！」

13.

雖然有黃色的強光阻隔，查克伸出來的手清清楚楚的映入我的眼簾。深色的燈鏈像隻死蛇似的垂掛在他手上。

「斷了！」查克驚嚇過度的哭了起來。

我透過強光注視著那條斷了的燈鏈，覺得自己從查克身邊飛了起來，飄浮著，然後慢慢消失。

愛波在遠處的某個地方歇斯底里的狂喊。

我聽不出來她在喊些什麼。

左拐子僵在密室中間，看他站得這麼直挺挺的還眞不習慣。因爲平常他總是在動，一刻也停不下來；不是跑就是跳，不然就是跌跤。可是現在他只是楞愣的

這句英文怎麼說

我想問她在做什麼。
I wanted to ask her what she was doing.

站在那裡，盯著鏈子看。

我看見有什麼東西忽然移動。

有人穿過密室。

我努力的想看清楚。

是艾倫！

她拉著一個硬紙箱走過去。紙箱在地上摩擦的聲音聽起來離我好遙遠。

我覺得自己一直被拉走，我掙扎著想看清楚艾倫在做什麼。她把紙箱拖到鏡子旁邊，接著爬上了紙箱。

我看見她靠近燈，專注的觀察那盞燈。

我想問她在做什麼，可是我離艾倫太遠了。我的身體漂浮在空中，輕飄飄的，像羽毛一樣輕。

黃色的燈光灑落在我飄浮著的身體，裹住我的全身，把我拉著走。

然後冷不防的，燈光不見了。

全部暗成一片。

「我做到了！」艾倫歡呼。

「還有一小截鏈子留在那裡，我拉下它，就把燈關了。」我聽見她向其他人解釋。她的眼睛驚慌的四處搜尋，急著找我。「麥斯──你還好嗎？你聽見我叫你了嗎？」

「我沒事。」我回答她。

我覺得好多了，不再輕飄飄的；感覺自己強壯了些，也離他們越來越近。

我站到鏡子前面，尋找自己的影像。

「剛才好嚇人。」左拐子在我身後說。

「我可以感覺到自己正在變回來。」我告訴他們。

「他的時間是多久？」查克問愛波。

「五分鐘又四十八秒。」愛波說出時間之後，馬上又接著說：「我眞的認爲這個愚蠢的比賽，是一個天大的錯誤。」

愛波的全身緊繃，一副坐立不安的樣子；她滿臉憂慮的緊靠著牆坐，臉色看起來很蒼白。

這句英文怎麼說

你是不是覺得好像要被拉走了？
Did you feel like you were being pulled away?

「你破了我的紀錄！」查克吼道。他把頭轉向他認爲我站的方向說：「我眞不敢相信！幾乎快六分鐘！」

「我要比那還久。」左拐子推開查克，走向鏡子。

「我們必須先將鏈子修好，」艾倫對左拐子說，「不然得一直爬到箱子上去抓那截短短的鏈子，這樣太麻煩了。」

「我在最後覺得很怪。」我告訴他們。我還在等著自己的身體出現。「燈光越來越亮，越來越亮。」

「你是不是覺得好像要被拉走了？」艾倫問我。

「沒錯！」我答道：「就好像我快要消散了的感覺。」

「我也有這種感覺。」艾倫驚呼。

「太危險了。」愛波一邊說，一邊猛搖頭。

我的身體啪的出現。

我的雙腳打結似的，幾乎跌到地板上。還好我及時扶住鏡子，撐著站了起來。

過了一會兒，我的腳才比較有力氣；我走了幾步，才找回平衡感。

「如果我們剛剛不能把燈關掉，那該怎麼辦？」愛波質問我們。她站起來用手拍掉牛仔褲上的灰塵，接著說：「假如連那一小截鏈子都斷了，燈沒辦法關，一直亮著的話，會發生什麼事呢？」

「我不知道。」我聳聳肩。

「你竟然破了我的紀錄，」查克做了個不屑的表情，一副恨得牙癢癢的說：「這就表示我得再玩一次。」

「才怪！」左拐子大叫道，「下一個輪到我。」

「你們沒有人聽到我說的話嗎!?」愛波嘶吼著說：「回答我的問題！假如你們其中一個隱形了，可是燈卻關不掉，那該怎麼辦？」

「這種事情不會發生的啦！」查克告訴愛波，然後他從口袋裡拿出一條繩子。「妳看，我現在把這條繩子牢牢的綁在燈鏈上。」他爬上紙箱，將繩子綁上。「繩子一拉，燈就熄了呀！沒問題。」

「有誰想第一個隱形，然後走到外面去的？」愛倫詢問。

「我想到學校去嚇哈金小姐。」左拐子竊笑著說。哈金小姐是他的社會教育

這句英文怎麼說

你的想像力到哪兒去了？
Where's your imagination?

老師。「從學期開始以來她就一直找我麻煩，如果我能隱形走到她後面，然後說：『嗨！哈金小姐』可是她轉頭卻看不到人，那一定很酷吧？」

「你只能做到那樣嗎？」艾倫鄙夷的說。

「左拐子，你的想像力到哪兒去了？難道你不想讓粉筆飛出她的手中，板擦飛過整個教室，垃圾桶自己把垃圾全部倒在她的桌子上，還有讓優格灑到她臉上？」

「哇，酷斃了！」左拐子讚嘆。

我也笑了。

我想到一個好玩的點子，假如我們四個人能夠完全隱形，然後到處亂走、做我們想做的事，我們鐵定可以在十分鐘之內把學校鬧翻天。每個人一定會又跳又叫的衝出校門，多滑稽啊！

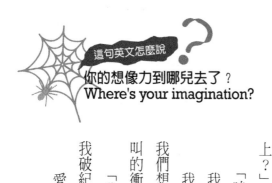

「我們現在不能這麼做，」左拐子打斷了我的想像，他說：「因爲現在輪到我破紀錄了。」他轉頭看著站在門邊緊張不已的愛波。「準備好幫我計時了沒？」

愛波扯著她的一撮黑頭髮，神情焦慮，不悅的表情掛在她的臉龐。「也許吧！」她嘆口氣的說。

左拐子推開我，站到鏡子前面。

他注視著鏡中的影像，伸手拉下燈鏈。

這句英文怎麼說

原來是媽從樓下喊我們。
It was Mom, calling up from downstairs.

14.

「左拐子！」叫聲從我們後面傳來。「左拐子！」

我們都被突如其來的叫聲嚇了一跳。我趕緊叫大家提高警覺，左拐子馬上從鏡子前面跳開，免得被人發現我們的祕密。

「左拐子，告訴你哥哥，他的朋友得回家囉！爺爺、奶奶已經到了，他們很想見你們。」

原來是媽從樓下喊我們。

「好的，媽。我們這就下來。」我趕快回答，我不想讓媽上樓來。

「眞是不公平！」左拐子嘀咕著說，「我都沒輪到。」

他走回鏡子前，賭氣的拉住繩子。

「放下，」我嚴厲的說：「我們現在必須下樓去，快點。我們可不想讓媽媽或爸爸上來看到這面鏡子，你說是不是？」

「好吧，好吧！」左拐子咕噥著說，「可是下一次我是第一個喲。」

「然後是我。」查克走向樓梯接著說，「我有機會打敗你的紀錄，麥斯。」

「噓！別再說了。」當我們下樓梯時我提醒大家，「說點別的事情，別讓他們聽見任何有關鏡子的事。」

「我們明天可以過來嗎？」艾倫問，「我們可以重新比賽一次。」

「我明天很忙。」愛波說。

「明天不行，」我告訴艾倫，「我們明天要去春日鎮拜訪我表哥。」

眞討厭，這倒提醒了我。我表哥家養了一隻巨大的牧羊犬，那隻狗老是喜歡在泥巴地上跑來跑去，然後撲到我身上，用牠那毛茸茸的腳掌在我衣服上磨蹭著。所以我不太喜歡去他家。

「星期三不用上學，」查克說：「我想是要召開教務會議。也許我們可以在那天一起來。」

這句英文怎麼說

我們明天可以過來嗎？
Can we come over tomorrow?

「也許吧！」我回答。

我們一踏進走廊，每個人都停止談話。我看見爺爺、奶奶和我爸媽都已經坐在餐桌旁。

奶奶和爺爺喜歡在一定的時間進餐，如果他們晚一分鐘吃飯的話，那一整天脾氣就會不太好。

我領著他們快速離開，順便提醒他們別跟其他人提起我們在閣樓做的事。查克又問我星期三可不可以，我再一次告訴他我不確定。

隱形實在是一件很刺激、很令人興奮的事，可是也同樣的令我緊張。我並不想那麼快再經歷一次。

「拜託啦！」查克求我，他等不及想再隱形一次，好打破我的紀錄。他無法容忍冠軍不是他。

他們離開後，我關上前門，然後匆匆忙忙的跑進餐廳歡迎爺爺、奶奶。當我進去的時候，他們已經開始喝湯了。

「嗨！奶媽媽，嗨！爺爸爸。」我繞著餐桌，在他們兩個人的臉上各親了一下。

奶媽媽的身上有橘子的味道，她的臉頰軟軟鬆鬆的。

「奶媽媽」和「爺爸爸」是我小時候對他們的暱稱，現在再這麼叫讓我覺得很不好意思，可是我還是這麼叫，因爲連他們自己都叫對方「奶媽媽」和「爺爸爸」了，我也沒什麼其他選擇。

奶媽媽和爺爸爸看起來很像，兩個人站在一起，幾乎像對兄妹。我想，當兩個人結了一百年婚的時候，就會變成這樣吧！他們兩個人的臉都是瘦瘦長長的，也都有著一頭短短的白髮。

他們都戴銀色鏡框的厚眼鏡，兩個人都很瘦；而且兩個人都有一雙憂愁的眼睛和憂愁的表情。

我不太想和他們一起坐在那吃晚餐、聊天。我的情緒還繞著整個下午所發生的一切打轉。

能夠隱形眞是太不可思議。

而且充滿驚喜。

我想獨自一個人靜一靜，好好思考一下整個事件的經過。你懂吧！就是舒緩

這句英文怎麼說

你的湯現在一定冷掉了。
Your soup must be ice cold by now.

一下情緒，讓心情緩和一些。

很多時候當我做了一些非常有趣，或非常讓人興奮的事情之後，我喜歡躺在床上慢慢回味。

我會仔細分析整件事，一一思考每一個環節。

爸爸常說我有科學家的精神，我想他說的沒錯。

我走到我的位子上。

「你看起來比上次矮哦！」爺爸爸一邊說，一邊用餐巾抹抹嘴。這是他每次見到我必說的笑話，都已經老掉牙了。

我勉強一笑的坐下。

「你的湯現在一定冷掉了，」奶媽媽說，還嘖嘖兩聲。「我最討厭的就是冷掉的湯。你說如果一碗湯不是熱騰騰的，那我喝它做什麼？」

「喝起來還可以啦！」我喝了一口。

「去年夏天我們就品嘗了許多美味的冷湯，」爺爸爸接腔，他最愛和奶媽媽唱反調。「草莓甜湯啊，記不記得？妳不會想喝熱的草莓湯吧，妳說是不是？」

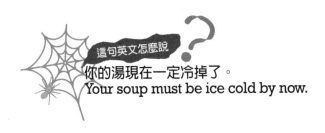

「不是草莓，」奶媽媽面有慍色的反駁，「而且那根本不是湯，是一種特別的優格。」

「不對，才不是。」爺爸爸固執的又說，「那個的確就是碗冷湯，錯不了的。」

「你跟以前一樣，錯了！」奶媽媽生氣的還嘴。

我想再這樣下去場面可能會很難看，爲了阻止他們繼續爭吵，我故意轉移話題：「今天喝的是什麼湯？」

「雞茸麵湯呀！」媽很快的回答：「你喝不出來嗎？」

「你爺爸爸和我一個星期之前喝過一碗湯，我們都喝不出來那是什麼湯。」奶媽媽搖搖頭說。「我還得問服務生那是什麼呢！因爲那碗湯根本不像是我們點的。說是馬鈴薯韭菜湯，是不是啊，爺爸爸？」

「不是啦，是番茄才對。」爺爸爸好不容易吞下一口麵條回答。

「你弟弟呢？」爸盯著我旁邊的空椅子問我。

「咦？」我愣了一下，我忙著聽爺爺和奶奶爲了一碗無聊的湯在那邊爭辯不休，竟然把左拐子給忘了。

這句英文怎麼說

還有湯嗎？
Is there any more soup?

「他的湯要涼了。」爺爸爸說。

「你得再幫他熱一熱。」奶媽媽說，又嘖嘖兩聲。

「左拐子到哪去了？」爸又問。

「他就走在我後面。」我聳聳肩回答。我轉頭對著走廊喊道：「左拐子！左——拐——子！」

「不要在餐桌上大叫，」媽數落著我。「站起來，去找他。」

「還有湯嗎？」爺爸爸問媽媽，「我還想喝。」

我放下餐巾準備站起來，我的屁股還沒離開椅子呢，就瞥到左拐子的湯碗升到了半空中。

噢，不！

我一下子就明白發生了什麼事。

我的白癡弟弟把自己隱形了，而現在他還自以爲有趣的，想在大白天嚇壞餐桌上的每一個人。

湯碗飄過左拐子的座位。

我站起來，用最快的速度衝過去抓下湯碗。

「出去！」我提高音量對左拐子耳語。

「你說什麼？」媽媽訝異的問我。

「我說我要出去找左拐子。」我靈機一動的告訴媽。

「出去——現在！」我又小聲的對左拐子說。

「別只是光說不練，快去找他啊！」媽不耐煩的對我說。

我才站起來，我那個笨弟弟已經舉起他的水杯。

杯子飄到餐桌上方。

我驚訝的把杯子抓下來。

可是我抓得太用力，竟把杯子打翻，整張桌子撒得到處是水。

「嘿！」媽大叫。

我把杯子放回桌上。

我抬頭看見爸正瞪著我，他的眼裡充滿著怒火。

我心裡想，他知道了。

這句英文怎麼說

你說什麼？
What did you say?

畏懼的感覺重重的壓在我心頭。

爸看見了剛剛發生的事，他一定知道。

左拐子把一切全搞砸了。

15.

爸從餐桌對面生氣的瞪著我。

我等著他開口說：「麥斯，爲什麼你弟弟隱形了？」但是出乎意料的，爸竟然對著我吼道：「不要再胡鬧了，麥斯。我們並不欣賞你的喜劇演出，快去找你弟弟來。」

我著實鬆了一口氣，原來爸並不知道眞正發生了什麼事，他以爲我只是在耍寶開玩笑。

「我可以再喝一碗湯嗎？」當我謝天謝地的起身衝出餐廳時，我聽見爺爸爸問道。

「你喝的夠多了。」奶媽媽叨絮的說。

這句英文怎麼說

爸從餐桌對面生氣的瞪著我。
Dad glared angrily across the table at me.

「還不夠！」

我趕緊走進客廳，跨大步走上二樓。我在通往閣樓樓梯前面的走廊停了下來。「左拐子？」我低聲喊他，「我希望你跟著我過來了。」

「我在這裡。」左拐子輕聲回答我。我當然看不見他，不過他就在我身邊。

「你怎麼搞的？」我生氣的質問他。不，我不是生氣，我是發火。「你那麼想當個白癡冠軍嗎？」

左拐子對我的懊惱完全視若無睹，竟然還開始發出咯咯的笑聲。

「閉嘴！」我壓低聲音說：「你給我閉嘴！你眞是一個怪胎！」

我打開閣樓上的燈，氣沖沖的蹬上樓梯。我可以聽見左拐子的運動鞋在我身後發出嘎嘰嘎嘰的聲音。

到了樓梯頂端，左拐子還是在笑。

「我贏了！」他宣布，我覺得有人很用力的拍了我的背。

「別鬧了，笨蛋！」我吼他，氣極了的衝進放著鏡子的小房間裡。「你不知道自己差一點壞了大家的好事嗎？」

「我只知道我贏了！」左拐子欣喜的重複剛剛那句話。

鏡子上面那盞燈光線明亮，明亮的光線在鏡子上反射出陽光般閃耀的黃澄色。

我眞不敢相信左拐子會做出這種事。他平常是很自私沒錯，但是還沒有「這麼」自私過。

「你不知道這麼做可能會讓我們惹麻煩嗎？」我大叫。

「我贏了！我贏了！」左拐子反反覆覆說的都是這句。

「爲什麼？你隱形多久了？」我問他。我走向鏡子，拉下繩子把燈關了。我的眼睛依然覺得刺眼。

「從你們一下樓，我就隱形了。」左拐子自以爲了不起的說，他的身體還沒有出現。

「那樣幾乎有十分鐘！」我驚呼道。

「所以我說我是冠軍！」左拐子宣布。

我注視著鏡子，等左拐子回來。

這句英文怎麼說

我們馬上下去。
We'll be right down.

「笨蛋冠軍，」我對他說，「這是你有史以來做過最笨的事。」

他沒說什麼。最後他終於安靜的問我：「爲什麼過了這麼久我還沒有變回來？」

我還來不及回答左拐子，爸的聲音就從樓下傳來：「麥斯，你們兩個在樓上嗎？」

「對，我們馬上下去。」我喊回去。

「你們兩個在樓上搞什麼鬼？」爸質問道。

我聽到他開始上樓梯的聲音。

「對不起，爸。」我快步跑到樓梯口想擋住他。我對爸說：「我們來了。」

「上面有什麼東西那麼有趣？」爸爸站在樓梯，往上看著我。

「只是有很多舊東西，」我喃喃的說：「其實也沒什麼。」

左拐子從我後面探出頭來，看起來和以前的他沒什麼兩樣。爸走回餐廳，左拐子和我也走下樓梯。

「哇！棒透了！」左拐子興奮的說。

「你不覺得一陣子之後，開始感覺有點奇怪嗎？」雖然只有我們兩個一起，我還是悄悄的小聲問他。

「不會啊，我很好，感覺眞的太棒了！當我讓湯碗飄在空中的時候，你應該看看你的表情有多好笑！」左拐子又開始咯咯咯的笑，發出那種我討厭死了的尖笑聲。

「你聽好了，左拐子。」我在最後一階樓梯上停住，警告的擋住他的路說：「隱形是很好玩，可是也有可能很危險，你……」

「眞的很好玩！而且我還是新的冠軍王。」他不等我說完就插嘴。

「你給我仔細聽好，」我生氣的扯住他說：「你得向我保證，以後你不會自己一個人上來隱形。我不是在開玩笑，你一定要等有人跟你在一起的時候才可以。你保證？」我捏緊他的肩膀。

「好啦，好啦。」他想要掙開我的手。「我保證。」

我往下看，他兩隻手的食指和中指交叉，做出說謊的手勢。

當天晚上艾倫打電話給我。都已經快十一點了，我穿著睡衣躺在床上看書，

這句英文怎麼說

我穿著睡衣躺在床上看書。
I was in my pajamas, reading a book in bed.

正想要下樓去拜託爸爸和媽媽讓我晚點睡，因爲我想看「週末夜現場」的節目。

艾倫在電話裡頭聽起來很激動，她甚至忘了跟我說哈囉，就開始用她那嘰嘰喳喳的老鼠聲音說了一大串。她說得好快，我根本聽不太懂她到底在說什麼。

「你說科學展覽怎麼樣？」我把電話拿離耳朵遠一點，希望這樣能夠聽清楚些。

「就是贏的人可以得到純銀獎盃和錄影帶世界的禮券的那個比賽呀，你還記不記得？」艾倫一口氣說完。

「喔！所以呢？」我還是搞不清楚她說的意思，我想我比我想像中的還睏，畢竟今天我已經緊張的累了一整天。

「嗯——你可不可以把鏡子帶到學校來？」艾倫興高采烈的問我：「然後我把你隱形，再把你變回來。這可以當我們的科學實驗，你知道嗎？」

「可是，艾倫……」我正要反對她的提議時，艾倫打斷我。

「我們應該會贏！我們一定會贏！我的意思是說，誰能打敗我們？我們會拿第一名，而且還會出名喲！」

「出名？」我發出疑惑的聲音，「啊？」

「當然會出名囉！」艾倫說：「我們的照片會被登在《名人》雜誌和其他刊物上。」

「艾倫，我不確定我想這樣。」我輕聲的拒絕，腦子裡認眞思考著。

「啊？你不確定什麼？」

「不確定我想出名。」我回答，「我的意思是說，我還不清楚自己是否想讓全世界都知道這面鏡子的存在。」

「爲什麼不？」艾倫耐不住性子的追問道，「每個人都想成名，當個有錢人。」

「但是他們會把鏡子拿走，」我解釋，「這是一面神奇的鏡子，艾倫。是魔術嗎？是電子科技嗎？還是有人發明出來的？不論是什麼，它實在令人難以置信。他們不會讓一個小孩子擁有這麼奇特的東西。」

「可是鏡子是你的啊！」艾倫堅持的說。

「他們會把它拿去研究，科學家會想得到它，政府人員也會想要，軍人嘛——他們大概想要用它來將整個軍隊隱形還是什麼的。」

這句英文怎麼說

我會考慮看看。
I'll think about it.

「好可怕。」艾倫若有所思的低語。

「是啊，很可怕。」我接著說：「所以我才說我不確定，我得好好想一想才行。在事情還沒有決定之前，我們得保守祕密。」

「嗯，我想是吧。」艾倫猶疑的答應。「不過你還是考慮一下科學展覽的事，麥斯。我們可以得到獎品耶，我們眞的會贏的。」

「我會考慮看看。」我告訴艾倫。

我發現除了這面鏡子之外，我的腦子裡還眞的沒有想別的事情。

「愛波也想試試看。」艾倫說。

「啊？」

「我說服她的，我告訴她沒有危險，也不會受傷什麼的，所以她想在星期三的時候試試。我們星期三可以來吧，對不對，麥斯？」

「我想可以吧！」我不太樂意的回答，「如果大家都想的話。」

「太好了！」艾倫歡呼道，「我想我會破你的紀錄哦。」

「新的紀錄是十分鐘。」我知會她，然後跟她說左拐子的晚餐隱形大冒險。

「你弟弟眞是個瘋子。」艾倫批評道。

我也有同感；後來我們便互道晚安。

那天晚上我失眠了，我先試著睡右側，接著試著睡左側，然後還數羊，所有的方法都用盡了，還是睡不著。

我其實很想睡，可是我的心臟怦怦怦的跳得好厲害，就是覺得不太舒服。我兩眼瞪著天花板，腦子裡想的全是樓上密室中的那面鏡子。

當我毫無睡意的光著腳溜出房門時，已經快接近清晨三點鐘了。我朝閣樓的方向小心翼翼的走著，我如之前般倚著扶手走上樓梯，試著不讓木頭地板發出嘰嘎嘎的交響樂。

我急著衝進小密室，腳趾頭一不小心踢到一個木頭箱子的邊角。

「噢！」我想叫又不敢叫的憋著，我痛得想跳腳，可是我忍著，只能直挺挺的站好，等比較不痛的時候再繼續走。

一等我能走，我立刻走進小密室裡，拖了一個紙箱在鏡子前面坐下。

我的腳趾頭依然隱隱做痛，不過我試著轉移注意力。我注視著自己在鏡子中

這句英文怎麼說

我注視著自己在鏡子中的陰暗影像。
I started at my dark reflection in the mirror.

的陰暗影像，照例當然得先觀察一下頭髮，我的頭髮全都亂了，不過我不是那麼在乎。

接著我越過自己的影像凝視著，凝視著影像的背後。我猜我想要看透那面鏡子，只是我也不清楚自己在做什麼，或者我爲什麼要在那裡。

我覺得好累，同時卻又精神亢奮；很好奇，但是又很困惑；好想睡，可是又情緒緊繃。

我的手滑過鏡面，驚訝在這個悶熱得幾乎不透氣的狹小空間裡，鏡面卻還是如此冰涼。我攤開手掌壓在鏡子上，然後把手拿開，竟連一個指印也沒留在鏡子上。

接著我把手移到木製鏡框上，撫摸光滑的木頭。我站起來，慢慢的走到鏡子後面，後面實在太暗了，根本沒辦法仔細檢查。不過也沒什麼好檢查的，因爲鏡子背面一片光滑平坦，沒什麼值得觀察的地方。

我回到鏡子前面，抬頭注視上頭那盞燈；它就像一盞普通的燈，一點也不特別。燈泡的形狀倒是滿特別的，又細又長；只是看起來也像一般的普通燈泡。

我坐回紙箱，把頭枕在手上休息；我的眼睛盯著鏡子，整個人卻開始昏昏欲睡，打了個呵欠。

我知道自己應該下樓去睡覺，因為媽媽和爸爸明天早上會早早把我們叫醒，好開車出發到春日鎮。

可是不知道爲什麼，好像有什麼東西把我留住，不讓我離開。

我想是我自己的好奇心吧！

盯著自己在鏡子裡像座雕像般動也不動的影像，我不清楚到底在那坐了多久，也許只有一、兩分鐘，也許已經過了半個鐘頭。

又過了一會兒，我發現鏡子裡的影像好像不是很清晰。鏡子裡我的線條變得模模糊糊，顏色朦朧不清，影像也重疊的失焦。

然後我隱約聽見輕輕的聲響。

「麥——斯。」

就像風吹過樹梢，樹葉唰唰的搖晃聲。

不像是在說話，甚至連耳語也談不上。

這句英文怎麼說

然後我隱約聽見輕輕的聲響。
And then I heard the soft whisper.

只是悄悄的聲響。

「麥——斯。」

剛開始我以爲是自己的腦子在胡思亂想。因爲那個聲音是那麼的輕，那麼的微弱；卻又離我很近。

我屏住呼吸，全神貫注的聆聽著。

什麼聲音也沒有。

這麼說眞的只是我的腦子在作怪；我告訴自己這只是我的想像而已。

我深吸了一口氣，然後緩緩吐出來。

「麥——斯。」

那個聲音又出現了。

這次更大聲，聽起來有點悲傷，像在請求似的。好像從很遠很遠的地方傳來的求救聲。

「麥——斯。」

我的雙手高舉到耳朵旁邊。是不願意聽見呢？還是希望它會消失。

鏡子裡的黑影慢慢變形。我回過神看我自己的影像，我的表情是那麼的緊張、驚恐。這才驚覺自己早已經全身發冷，整個身體直發抖。

「麥——斯。」

聲音——聲音是從鏡子裡面傳出來的！

從我自己的影像嗎？還是從我的影像後面的什麼地方？

我雙腳一彈，轉身拔腿就跑。光腳丫趴噠趴噠的在地板上拍打。我衝下樓梯，飛奔過客廳，把自己埋進床裡。

我緊閉著眼睛，祈禱那個可怕的聲響不會跟著我。

這句英文怎麼說

我呼吸困難。
I was breathing hard.

16.

我把被單拉至下巴。我覺得好冷，整個身體都在打哆嗦。

我呼吸困難，雙手緊抓著毯子，等待著，聆聽著。

等著那個聲響會不會也進到我的房間裡，聽著那個聲響到底是不是眞的存在，還是只是我的想像。

是誰在叫我？是誰用悲傷、無助的聲音悄悄喊我的名字？

忽然間我聽見比我還大聲的喘息聲，覺得有一股熱氣呼到我的臉上，溼溼的，還有一點酸味兒。

它向我靠近，捧著我的臉。

我恐懼的睜開眼睛。

「白毛！」我鬆了一口氣的大叫。

這隻笨狗用後腳站著，整個身體趴在毯子上，狂舔我的臉。

「白毛，乖狗狗！」我笑著說。牠刺刺的舌頭舔得我好癢。我從來沒有這麼高興見到牠。

我摟著白毛，把牠抱進被窩裡。牠欣喜若狂的哼叫，尾巴發瘋似的搖晃著。

「白毛，什麼事讓你這麼興奮？」我摟著牠問，「難道你也聽見奇怪的聲音？」

白毛低吠了一聲，好像在回答我的問題。接著牠跳下床甩了甩身體，繞著小圈子轉了三圈，打了一個大呵欠便在地毯上找了個地方趴下。

「你今天晚上真是奇怪。」白毛把身體蜷縮成一個小球，輕輕的咬著自己的尾巴。

在白毛輕輕的鼾聲陪伴下，我也慢慢進入沉沉的夢鄉。

當我醒來的時候，窗戶外面的天空還是灰濛濛的。雖然窗戶只開了一道小縫，窗簾卻被強風吹得搖來晃去。

這句英文怎麼說

你今天晚上真是奇怪。
You're definitely weird tonight.

我很快坐起身來，整個人一下子就清醒了。我告訴自己一定要停止再到閣樓上去。

我得忘了那面無聊的鏡子。

我站起來伸伸腰，不但我自己必須要停止，我還得阻止其他人。

我想到前一晚聽見的微弱哀求聲，想著喊我名字的那個悲傷、嘶啞的聲音。

「麥斯！」

房門外傳來的聲音，把我從可怕的回想中嚇回現實世界。

「麥斯——起床的時間到囉！我們得出發到春日鎮，記得嗎？」是媽在外面。

「快一點，早餐已經在餐桌上。」

「我已經起床了！」我大聲喊道，「我一會兒就下去。」

我聽見媽下樓的腳步聲，還聽見白毛在樓下吠叫著想被放出門的聲音。

我又伸伸懶腰。

「哇！」我的衣櫃門突然打開。

一件紅色的T恤從衣櫃上層飛起來，然後飄過房間。

我聽見咯咯的笑聲，非常熟悉的笑聲。

T恤在我面前跳起舞。

「左拐子，你眞是無可救藥！」我生氣的對他吼道。我伸手想搶下T恤，可是卻被它逃開了。「你發誓不再隱形的！」

「我撒謊！」他咯咯笑的說。

「我不管！」我大叫著衝上前扯下T恤。「你得停止再這麼做，我是說眞的。」

「我只是想讓你嚇一跳。」左拐子假裝受委屈的說。接著有一條牛仔褲從衣櫃飄出來，在我面前忽前忽後的展示著。

「左拐子，我會把你給掐扁的！」我大叫了一聲，然後想起爸和媽也許會聽見，於是壓低聲音說：「把它放下——現在。上樓去把燈關掉，快點！」

我的拳頭揮向牛仔褲「踏步走」的地方，我實在火大到了極點。

爲什麼他得這麼白癡，難道他不知道這可不是鬧著玩的遊戲？

牛仔褲忽然癱落在地毯上。

「左拐子，把牛仔褲丟給我。」我指揮他。「然後到樓上去把你自己再變回

這句英文怎麼說

牛仔褲皺皺的躺在地毯上。
The jeans lay crumpled on the carpet.

來。」

沒有聲音。

牛仔褲也沒有動靜。

「左拐子——別再鬧了，」我怒喊道。一絲恐懼的感覺從我心底升起。「把牛仔褲丟給我，趕快走。」

沒有回應。

牛仔褲依然癱在地毯上。

「不要玩這個蠢遊戲了！」我大叫：「一點也不好玩，所以別玩了。你剛剛眞的嚇到我了！」

我知道這是他想聽到的話。我一旦承認被他嚇到，我確定左拐子就會咯咯笑，然後照著我的話去做。

可是，沒有！

房間裡面還是一片靜悄悄的。窗簾被風呼呼的吹向我，然後唰唰唰的輕飄回去。牛仔褲皺皺的躺在地毯上。

「左拐子？喂，左拐子？」我顫聲喊道。

沒有答話。

「左拐子？你在這裡嗎!?」

不在。

左拐子不見了。

這句英文怎麼說

我想也沒想的跑出房間。
Without thinking, I ran out of my room.

17.

「左拐子？」我的聲音有氣無力的，還微微的發著抖。

他不在那裡。這不是惡作劇，他眞的不見了。

我想也沒想的跑出房間，狂奔到走廊，然後衝向通往閣樓的樓梯。我光著腳丫趴噠趴噠的踩在陡斜的木頭樓梯上，我的心怦怦急跳著。

當我一踏進閣樓，一股莫名的恐懼立即湧向我。

左拐子會不會眞的永遠消失不見？

我不安的哀叫了一聲，衝進小密室中。

刺眼的燈光從鏡子反射到我的眼睛。

我用一隻手遮擋著燈光，走到鏡子前拉下繩子關燈，燈光一下子就熄了。

「左拐子？」我焦慮的呼喊他。

沒有人回答。

「左拐子？你在這上面嗎？你聽見我了嗎？」

我害怕的喉頭一緊，幾乎說不出話來，只是大聲的喘息。

「左拐子？」

「喂！麥斯，我在這裡。」我弟弟的聲音從我的背後傳來。

聽到他的聲音讓我高興的不得了。雖然我還看不到他，我還是轉身給他一個擁抱。

「我沒事，」他被我的熱情嚇了一跳：「眞的，麥斯，我沒事。」

過了幾分鐘，左拐子才出現。

「發生了什麼事？」我邊問，邊端詳著他。我上上下下的打量他，就好像好幾個月沒見過他似的。「前一秒鐘你還在我房間裡耍寶，下一秒你就不見了。」

「我很好。」左拐子聳聳肩，堅持他一點事也沒有。

「那麼你到哪裡去了？」我追根究底的質問他。

這句英文怎麼說

不要再問了，好不好？
No more questions. Okay?

「在這上面。」左拐子說。

「但是……」他看起來有點不太一樣，我也說不出是哪裡不同。可是當我看著他的臉，我確定事情一定另有蹊蹺。

「不要再那樣瞪著我看了，麥斯。」左拐子推開我。「我真的沒事。」他跳開我身邊，蹦蹦跳跳的往樓梯方向走。

「可是，左拐子……」我跟著他走出房間。

「不要再問了，好不好？我什麼事也沒有。」

「遠離那面鏡子，」我嚴厲的說：「聽見了沒有？」

他開始走下樓。

「我是說正經的，左拐子。不准再隱形了。」

「好，好，好，」他發脾氣的說：「我不會了。」

我查看他的手，確定這一次左拐子沒有手指交叉的說謊，果然沒有。

「哦，原來你們在這裡。」媽正在玄關前等我們，她不耐煩的對我說：「麥斯，你還沒換衣服！」

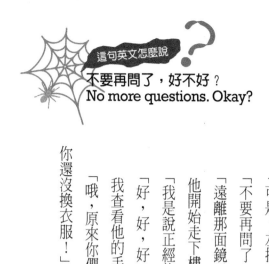

「我會趕快換好的。」我告訴她，接著跑到我的房間。

「左拐子，你把你的頭髮怎麼了？」我聽見媽問我弟弟，「你把它梳得不一樣還是怎麼了？」

「沒有，」我聽見左拐子回答，「還是一樣啊，媽媽。眞的，也許是妳的眼睛有問題。」

「別再耍嘴皮子了，下樓去吧！」媽告訴左拐子。

左拐子肯定有哪裡怪怪的，連媽媽都注意到了，可是我就是搞不清楚到底是哪裡不對勁。

我從地上撿起牛仔褲穿上，情緒總算平復了些。我剛剛眞是嚇壞了，我以爲會有什麼可怕的事發生在左拐子身上。

我眞怕他就這麼消失了，讓我再也見不到他。

這一切全都是因爲那面愚蠢的鏡子而起。

全都是因爲隱形是那麼的刺激，讓人欲罷不能。

我突然想到艾倫、愛波、和查克。他們多麼期待星期三的來臨，以及那場即

這句英文怎麼說

我會告訴他們比賽取消了。
I'll tell them the competition is cancelled.

將而來的超級比賽。這次就連愛波也想要試試隱形的滋味。

不行，我心想。

我得打電話給他們，我必須告訴他們。

我下定了決心。

不再碰那面鏡子，不再隱形。

等我從春日鎮回來，我就打電話給他們三個，我會告訴他們比賽取消了。

我坐在床上綁鞋帶。

呼！我想，我終於卸下了心中的重擔。

果然沒錯，決定不再去用那面鏡子，讓我覺得心情好了許多，所有的害怕、恐懼似乎都飄散而去。

只是我沒料到，最讓人毛骨悚然的時刻即將來臨。

18.

當查克、艾倫和愛波在星期三早晨出現在我家門前時，你可以想像我有多麼的驚訝。

「我告訴你們比賽取消了呀！」我在紗門內，滿臉錯愕的盯著他們。

「可是左拐子打電話給我們，」艾倫告訴我，「他說你改變主意了。」

愛波和查克也是這麼說。

「左拐子？」我目瞪口呆的張大嘴。

他們點點頭。

「他昨天打來的。」愛波說。

「可是左拐子今天早上根本不在家，」當他們踏進屋裡時，我疑惑的說，「他

這句英文怎麼說

他說你改變主意了。
He said you changed your mind.

和一些朋友在運動場打壘球。」

「誰來了？」媽走進玄關，手裡拿著擦碗巾擦手。她認得我的朋友，她回過頭用不明就裡的神情看著我說：「麥斯，我以爲你要幫我打掃地下室，我不知道你和查克、艾倫、愛波有別的計劃。」

「我沒有，」我無力的回答：「是左拐子……」

「我們只是路過。」查克告訴我媽，拯救了我。

「麥斯，如果你很忙的話，我們可以離開。」艾倫也說。

「不，沒關係。」媽告訴他們，「麥斯才在抱怨幫我打掃會很無趣，你們三個來了正好。」

媽離開玄關，走進廚房。她前腳才離開，他們三個便迅速擁向我。

「上樓去！」查克指著樓梯，迫不及待的喊道。

「我們隱形去囉！」艾倫小聲的說。

「既然我從來沒試過，就讓我當第一個。」愛波說。

我嘗試著想和他們爭辯，不過他們人多勢眾，我贏不了。「好吧，好吧。」

我不得已的答應。我跟著他們上樓時，在門邊聽見抓東西的聲音。

我認得這個聲音，是白毛。白毛剛從牠的早晨散步回來，我推開紗門讓牠進來；白毛搖著尾巴跑進來。

這隻笨狗的尾巴黏了一些野草，我追著牠進廚房，好不容易抓住牠讓牠站著不動，才把雜草拔掉。然後我才上閣樓去，加入我的朋友們。

我上去的時候，愛波已經站在鏡子前面；查克站在她旁邊準備把燈打開。

「喂！」我喊道。

他們轉過頭看我，我看出愛波的臉上有著恐懼的表情。「我必須立刻進行，不然我可能會膽小的退縮。」愛波跟我解釋。

「我只是覺得我們應該先把規則說清楚，」我堅決的說：「畢竟這面鏡子不是玩具，而且……」

「我們知道，我們知道。」查克打斷我，咧嘴輕笑著說：「今天別再說教了行不行？我們知道你很緊張，因爲你就要輸了，你的寶座即將不保。就算是這樣，你也不能……」

這句英文怎麼說

我們知道你很緊張，因為你就要輸了。
We know you're nervous because you're going to lose.

「我沒有要比賽，」愛波急忙說：「我只是想感受一下隱形是什麼感覺，只要一分鐘，然後我就要變回來。」

「好，不過我不一樣，我可是要拿世界紀錄。」查克靠在鏡框上吹噓。

「我也是。」艾倫附和著說。

「我眞的覺得這不是個好主意，」我盯著鏡子裡的影像，告訴他們：「我們應該隱形一下子就好，否則會太危險了……」

「眞是個膽小鬼！」查克搖著頭公然損我。

「我們會小心的，麥斯。」艾倫對我說。

「我眞的有不好的預感。」我承認道。我後面的頭髮翹了起來，我挪身到鏡子前面看清楚一點，然後用手把頭髮順平。

「我覺得我們大家應該一起隱形，」查克建議，他的藍眼珠閃著興奮的光彩。

「然後我們可以一起去運動場嚇嚇你弟弟。」

除了愛波，我們全笑了起來。「我只要試一分鐘，」愛波堅定的說：「就這樣。」

「我們先比賽，」艾倫告訴查克：「然後再一塊兒到外面嚇人。」

「哇！太好了！」查克歡呼。

我決定放棄，我實在沒辦法和查克、艾倫講理，他們對這個比賽已經走火入魔了。「好吧，就讓我們速戰速決。」我告訴他們。

「但是先讓我變。」愛波轉身面對鏡子。

「準備好了嗎？數到三。」查克伸手抓著繩子。

我回頭望著門口，白毛聞聞嗅嗅的走進來，牠的鼻子貼地，尾巴在後面立得直挺挺的。

「白毛，你在這裡做什麼？」我問。

白毛不理我，還是拚命的嗅著。

「一……二……」查克開始數。

「我一說『好了』就把我變回來，記得喔！」愛波再確定，她僵硬的站著，眼睛盯著正前方的鏡子。「不准開玩笑或惡作劇什麼的，查克。」

「不開玩笑，」查克嚴肅的保證：「不管什麼時候妳想變回來，我就會馬上

這句英文怎麼說

我決定放棄。
I decided to give up.

關燈。」

「很好。」愛波輕聲說。

查克又開始數：「一……二……三！」

當他數到三，拉下繩子的同時，白毛一個箭步走到愛波旁邊。

燈亮了。

「白毛！」我大聲喊：「停下來！」

太遲了。

只聽見白毛驚叫一聲，就隨著愛波隱形不見。

19.

「喂——那隻狗！」艾倫尖叫。

「嘿，我消失了，我隱形了耶！」愛波在同一時間放聲驚呼道。

我聽見白毛嗚咽的聲音，牠聽起來真的很害怕。

「拉繩子！」我對查克吼道。

「還沒有！」愛波抗議。

「快拉！」我堅持的說。

查克拉下繩子關燈，愛波先出現，生氣的表情掛在她的臉上。

白毛也出現了，跌坐在地上；牠很快的爬起來，不過走路還是歪歪倒倒的。

白毛看起來很好笑，我們都笑歪了。

這句英文怎麼說

我覺得我們應該離開這裡。
I think we should get out of here.

「上面是怎麼回事？」媽的聲音從樓梯間傳上來。我們嚇了一跳，馬上安靜下來。「你們在做什麼？」

「沒什麼，媽。」我趕緊回答，一邊打手勢叫他們保持安靜。「我們只是一起玩而已。」

「我真是不懂，滿屋子灰塵的閣樓有什麼好玩的。」媽對著樓上說。

我雙手合十，希望媽不會上樓來揭穿我們。

「我們只是喜歡待在這上面。」我回答的有點牽強，不過這是我唯一想到的藉口。

白毛等身體恢復了平衡，便跑下樓去找我媽。我聽見牠的腳爪踩踏在樓梯上發出喀噠喀噠的聲音。

「不公平，」媽和白毛才走開，愛波就抱怨了起來：「我的時間太短了！」

「我覺得我們應該離開這裡，」我拜託他們，「你們都看到了事情有多難料，你永遠不知道接下來會發生什麼事。」

「那就是它有趣的地方呀！」艾倫爭辯道。

「我還要再輪一次。」愛波說。

我們爭辯了大約十分鐘，我——又輸了。

比賽即將開始，由艾倫先打頭陣。

「妳要打敗的時間是十分鐘。」查克提醒她。

「沒問題。」艾倫朝著鏡子做了個鬼臉說，「十分鐘太容易了。」

愛波又回到她原來的位置，她背靠牆的坐在地板上盯著計時錶。我們達成協議，等比賽結束之後，她可以再隱形一次。

等一切都結束以後……

站在一旁看艾倫就緒，我眞希望這一切早點結束。我覺得全身冷了起來，一股強烈的恐懼感壓得我快站不起來。

我心裡想，拜託、拜託，讓一切順利平安。

查克拉下繩子。

燈一亮，艾倫就消失了。

愛波注視著錶。

這句英文怎麼說

我看起來如何？
How do I look?

查克從鏡子前退後一步，雙手抱胸，眼裡閃著興奮的光彩。

「我看起來如何？」艾倫調皮的問道。

「妳從來沒有這麼好看過。」查克開玩笑的說。

「我喜歡妳頭髮的樣子。」愛波也抬起頭戲弄艾倫。

竟然連愛波都能盡興的開玩笑，爲什麼我不能也放輕鬆？我爲什麼突然如此恐懼？

「妳覺得還好吧？」這些話差點梗在喉嚨，讓我幾乎說不出口。

「很好。」艾倫回答我。

我可以聽見她走來走去的腳步聲。

「如果妳開始覺得怪怪的，只要喊『好了』，查克就會拉繩子關燈。」我提醒艾倫。

「我知道。」艾倫不耐煩的對我說，「不過，在還沒打破紀錄之前，我是不會打退堂鼓的。」

「下一個輪到我，」查克知會艾倫，他的手還是交叉抱在胸前，「所以妳的紀錄不會維持太久。」

查克交叉的手臂突然垂了下來，兩手張得開開的，飛似的上下擺動，接著他開始用手掌摑自己的臉。

「噢！別鬧了，艾倫。」查克一邊喊，一邊想逃走：「放開我！」

查克又打了自己好幾下嘴巴，我們聽見艾倫的笑聲，最後查克好不容易掙扎著逃開。

「一分鐘。」愛波在我們後面宣布道。

「哎呀！妳弄傷我了！」查克露出不悅的臉色，手撫著他的紅臉頰。

艾倫又笑了。

「妳還是覺得沒問題嗎？」我問她，然後瞥了鏡子一眼。

「很好，不要擔心了，麥斯。」艾倫嫌我囉唆的回答。

我的T恤忽然捲上來蓋住我的頭，艾倫嘻嘻的笑著。

「饒了我吧！」我叫著掙開。

「兩分鐘。」愛波宣布。

這句英文怎麼說

我得找個辦法報復他。
I'd have to find a way to pay him back for this.

我聽到閣樓的樓梯嘰嘰嘎嘎響，沒一會兒白毛探出頭來。這一次牠不敢進來，只是站在門廊外面偷看。

「下樓去，白毛。」我對牠說，「下去。」

白毛盯著我，似乎在考慮我的話，可是牠並沒有離開走廊。

我不想讓牠再靠近鏡子，所以我抓住白毛的項圈，領牠下樓。這隻笨狗過了好一會兒，才明白我要牠下樓去。

當我回到小密室以後，愛波剛好宣布四分鐘到了。查克靜不下來的在鏡子前面走來走去，我想他是等不及想輪到自己上場。

我發現自己正想著左拐子，他明明知道我打電話給大家，取消了比賽；爲什麼他又打電話給查克、艾倫跟愛波，然後告訴他們比賽照常舉行呢？

這大概是他惡作劇的其中之一吧！我這麼斷定。

我得找個辦法報復他。

非常邪惡的辦法……

「八分鐘。」愛波伸個懶腰報告。

「不錯嘛。」查克稱讚道，「妳確定現在還不想放棄？妳不可能贏的，爲什麼不節省大家的時間？」

「妳還是覺得沒問題嗎？」我憂心的問。

沒有回答。

「艾倫？」我喊她，然後好像我眞的看得到她似的四處尋找。「妳還好吧？」

一樣沒有回應。

「艾倫——別鬧了。這一點也不好笑！」我大叫。

「對啊，回答我們！」查克也說。

還是沒有回答。

我望向鏡子，我看見愛波的臉上佈滿驚恐的表情，她顫抖著聲音低低的吐出五個字：「艾倫不見了！」

這句英文怎麼說

你確定現在還不想放棄？
Sure you don't want to quit now?

20.

「艾倫……妳在哪裡？」我緊張的喊叫著。

但她還是沒有回應，我衝到鏡子前面，就在我抓住繩子的時候，我聽見有腳步聲從密室外傳來。幾秒鐘之後，一罐可樂從門外飄了進來。

「想念我嗎？」艾倫好整以暇的說。

「妳快嚇死我們了！」我的聲音不由的高了八度。

「我不知道你們會那麼擔心。」艾倫輕笑著說。

「一點也不好笑，艾倫。」查克嚴厲的說，這一次他總算和我站在同一陣線。

「妳眞的嚇壞大家了。」

「我口渴了嘛！」艾倫說著，可樂罐也跟著傾斜，我們看到可樂從罐子裡流

出來。流出來的可樂被艾倫喝進嘴裡，馬上又迅速的消失了。

「我想被隱形以後，會讓你覺得特別渴。」艾倫解釋道，「所以我偷偷跑到樓下拿了罐可樂。」

「妳應該告訴我們一聲的。」愛波責備著艾倫，然後她的視線轉回到錶上。「九分鐘。」

「妳不應該到樓下去的，」我光火的說，「我的意思是說，如果我媽看到妳怎麼辦？」

「看到我？」

「嗯……妳知道我的意思。」我沒好氣的說。

艾倫笑出聲來。我不認爲這很可笑。

爲什麼我是裡面唯一把事情看得很嚴重的人？

當愛波喊到十二分鐘的時候，艾倫破了左拐子的紀錄，可是她還是繼續隱形。查克問艾倫要不要變回來。

艾倫沒有回話。

這句英文怎麼說

她看起來完全沒事。
She looked perfectly okay.

「艾倫？妳又在戲弄我們了嗎？」我質問。

還是沒有任何回應。

我可以感覺到我的喉嚨又開始不安的緊繃。我走到鏡子前拉下繩子。當我拉繩子的時候，我的手不由自主的顫抖，我默默祈禱艾倫能夠平安回來。

燈關上了，我們三個戰戰兢兢的等著艾倫出現。

經過了彷彿永無止盡的漫長等待，艾倫忽隱忽現的出現了。她迅速的從鏡子前走開，一抹勝利的微笑綻放在她臉上。「新冠軍！」她雙手高舉勝利的手勢歡呼。

「妳沒事吧？」我問她，我的恐懼感拒絕從我心中離開。

「我很好，擔心蟲。」她點點頭，步履蹣跚的從鏡子前走開。

我注視著她，她的模樣有點不盡相同。

她看起來完全沒事，臉色並不蒼白，也沒有病容什麼的，但是就是哪裡不一樣。她的笑容嗎？她的頭髮？我真希望能夠找出來。

「麥斯，拉繩子。」查克渴盼的聲音將我從思緒中拉了回來，「來吧，我要挑戰十五分鐘。」

「好，準備囉！」當我拉住繩子的時候，我朝艾倫瞥了一眼，她給我一個一切安好的微笑。

只是她的微笑似乎有什麼不一樣。

似乎有什麼。

是什麼呢？

我拉下燈鏈，查克在燈亮的時候消失不見。

「隱形人回來了！」查克用低沉的聲音呼嘯。

「小聲點，」我警告他：「我媽在樓下會聽到的。」

艾倫蹲在愛波身邊，我走過去再次詢問她，「妳確定沒事嗎？」我問：「妳不會覺得頭暈或是有任何古怪的感覺？」

「不會，眞的。」她搖搖頭說，「爲什麼你不相信我呢，麥斯？」

我注視著艾倫，試著想從外表看出她到底哪裡不一樣。眞是個謎！我一點線索都沒有。

這句英文怎麼說

我叫你的時候，你怎麼不回答？
How come you didn't answer when I called you?

「我叫妳的時候，妳怎麼不回答？」我決定追問到底。

「啊？」她滿臉疑惑的說：「什麼時候？」

「大概在十二分鐘時，」我告訴她：「我叫妳，查克也叫妳，妳就是沒回答。」

艾倫思考了一下。「我想我大概沒聽見吧。」她終於回答，「不過我沒事啦，麥斯。真的，我覺得很不錯，能夠隱形真是太棒了。」

我加入她們一起坐在地上，等查克結束他的隱形之旅。「我說真的呦，不到十五分鐘不能關燈。」他特別提醒我。

然後他弄亂我的頭髮，把我的頭髮拉扯的像雞冠那樣直立起來。

兩個女生都笑了起來。

害我得從地上爬起來，走到鏡子前把它梳回去。我實在搞不懂，怎麼有人會覺得弄亂別人的頭髮很好玩，我真的無法理解。

「嘿，跟我來，我有個點子。」查克的聲音從門廊傳來。

「喂——等一下！」我喊他。可是我聽到他的運動鞋踏過閣樓的聲音。

「跟我到外面去。」查克告訴我們，樓梯上傳來他的腳步聲。

「查克——別這麼做，」我拜託他，「無論如何，別這麼做！」

但是查克不可能聽我的勸。

過了不久，我們出了後門，跟著我們的隱形朋友，往鄰居艾凡德先生家的後院走去。

我憂心的想，這下子可要惹麻煩了——而且還是個大麻煩。

艾倫、愛波和我三個人，躲在分隔兩個院子的籬笆後面。艾凡德先生和往常一樣，站在他的番茄園裡拔雜草。他的大肚子露在T恤外面，他的禿頭在太陽底下曬得又紅又亮。

查克到底想要做什麼？我屏住呼吸，憂心忡忡的看著。

緊接著，我看見三個番茄從花園裡浮起來，番茄在空中盤旋了一陣子，接著飛近艾凡德先生。

不！我在心裡急喊。

求求你，查克，求求你不要這麼做呀！

艾倫、愛波和我在籬笆後擠成一團，無法置信的瞪著三個在半空中繞圈轉的

這句英文怎麼說

艾凡德先生花了一點時間才注意到。
It took a while for Mr. Evander to notice.

番茄。

隱形人查克正在玩丟番茄的把戲，就像平常一樣的愛現。他總是誇耀他自己很會耍雜技，而我們卻老是學不會。

艾凡德先生花了一點時間才注意到。

當他終於看見三個番茄在不遠處的半空中上上下下移動時，他的眼睛幾乎凸出來，臉變得跟番茄一樣紅。

「啊！」艾凡德先生驚叫，雜草從他手裡滑落，而他只是盯著在空中轉圈圈的番茄，動也不動的僵在原地。

查克把番茄越丟越高。

愛波和艾倫用手摀住嘴，免得笑出聲。她們認爲查克的「特技」表演還挺有趣的，但我只想要查克回到閣樓裡。

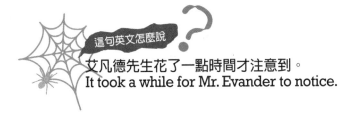

「喂，瑪麗！瑪麗！」艾凡德先生呼喚著他的太太。「瑪麗……快來這裡！妳一定要看看這個！瑪麗！」

一會兒，艾凡德太太從院子的另一端跑過來，臉上滿是驚嚇的表情。「邁可，怎麼回事？怎麼回事？」

「妳看——這些番茄在空中打轉！」艾凡德先生用力揮舞他的手要艾凡德太太快看。

查克讓番茄落在地上。

「哪裡？」艾凡德太太快跑過來，氣喘吁吁的問。

「那裡，妳看！」艾凡德先生用手指著天空。

「我沒有看見什麼番茄呀！」艾凡德太太停在她先生面前，大聲的喘氣。

「有，它們在半空中轉，它們……」

「那些番茄嗎？」艾凡德太太指著地上的番茄問。

「嗯……它們轉來轉去，而且……」艾凡德先生搔著脖子，看起來十分困惑。

「邁可，你在太陽底下曬多久了？」艾凡德太太喋喋不休的說，「我不是告訴你要戴帽子的嗎？」

「喔……我再一會兒就進去。」艾凡德先生輕聲的說，目不轉睛的盯著地上的番茄。

這句英文怎麼說

這些番茄在空中打轉。
These tomatoes are twirling in the air!

等艾凡德太太一轉身走回房子裡，那三個番茄立刻從地上飄浮了起來，又開始在空中旋轉。

「瑪麗，妳看！」艾凡德先生興奮的大叫：「看，快呀！它們又開始了！」

查克讓番茄落在地上。

艾凡德太太轉身望著什麼也沒有的空中。「邁可，你最好跟我一起進來——現在。」她堅決的要求道。接著她急急忙忙走回來，抓著艾凡德先生的手臂，把他拉走。

可憐的艾凡德先生，他看起來如入五里迷霧，摸不著頭緒。當艾凡德太太拉著他回屋子裡時，他還是搔著脖子後頭，盯著地上的番茄。

「嘿，這實在太好玩了！」查克就在我的前面。

艾倫和愛波倒在地上狂笑。我必須承認這眞的是很滑稽。我們又笑了一陣子，然後才走進房子裡，回到閣樓上。

安全的回到閣樓之後，我們又說笑了一會兒，查克吹牛的誇他自己是世界上第一位隱形雜耍人。

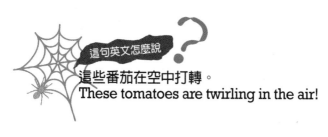

接著在接近十二分鐘的時候，查克突然不再和我們說笑。

我們三個不斷喊他的名字。

寂靜無聲。

查克沒有回話。

「我得讓他變回來。」我的恐懼又來糾纏了，我衝去抓繩子。

「等等！」艾倫拉住我。

「為什麼？」我掙脫她。

「查克說要等到十五分鐘，記得嗎？」艾倫說。

「艾倫，他都已經完全不見人影了！」我大吼。

「可是他會很生氣的。」艾倫解釋。

「把他變回來。」愛波焦慮的說。

「讓他至少待個十五分鐘。」愛倫固執的請求。

「不行，」我拉下繩子。

燈關上了。

這句英文怎麼說

你的頭髮之前就是這樣嗎？
Was your hair like that before?

幾分鐘之後，查克的身影閃閃滅滅的出現。他對我們微笑，然後轉頭問愛波：「多久？」

「十三分鐘又二十秒。」愛波告訴他。

「新任冠軍！」查克笑得闔不攏嘴。

「你沒事吧？爲什麼不回答我們？」我盯著他的臉問。

「我沒事，我沒聽見你們叫我，我很好。」

我覺得查克看起來也有點不一樣，不知道哪裡不對勁。到底是哪裡呢？

「你哪根筋不對啦，麥斯？」查克說道：「幹嘛把我當外星人似的，那樣盯著我瞧？」

「你的頭髮！」我一邊看著他，一邊說，「你的頭髮之前是這個樣子的嗎？」

「啊？你在胡說些什麼？你是被嚇傻了還是怎麼了？」查克翻了翻白眼。

「你的頭髮之前就是這樣嗎？」我又重複了一次：「右邊剃得特別短，然後左邊留得很長嗎？本來應該是相反的吧？」

「你神經錯亂了，麥斯。」他對著愛波和艾倫咧嘴一笑。「我的頭髮一直都是這樣，你是不是照鏡子照太久，糊塗啦？」

我發誓他的頭髮原本是左邊很短，右邊很長的。不過我猜查克應該比我更清楚他自己的頭髮才對。

「你準備上場了嗎？」艾倫跳到我身後問我。

「對啊，你要打敗十五分鐘的紀錄嗎？」查克也問。

「不，我眞的不想。」我誠實的告訴他們，「讓我們宣布查克是冠軍，我們快離開這裡。」

「不行！」查克和艾倫異口同聲的說。

「你一定要試試看。」查克堅持。

「別當縮頭烏龜，麥斯。你可以打敗查克的，我知道你可以。」艾倫在一旁鼓動。

她和查克一起把我推到鏡子前面。

我想要退回來，可是他們幾乎是把我抓住，不讓我走。

「不，我眞的不要。」我跟他們說：「查克可以當冠軍，我——」

這句英文怎麼說

你要打敗十五分鐘的紀錄嗎？
Are you going to beat fifteen minutes?

「加油，麥斯！」艾倫鼓勵我，「我賭你會贏呦！」

「對呀，加油！」查克的手重重的壓住我的肩膀。

「不要，拜託——」我懇求。

可是查克已經伸出另一隻手拉下繩子。

21.

我凝視著鏡子一會兒，等待亮光從我眼睛漸漸消褪。看到影像消失的那一刻，總是會讓人嚇一跳。尤其是當你注視著自己明明站立的位置——卻發現你竟然透視過自己的時候。

「你覺得怎麼樣，麥斯？你沒事吧？」艾倫學我的口吻問。

「艾倫，你吃錯藥啦？」我生氣的說。這麼會挖苦人，眞不像艾倫平常的作風。

「只是以其人之道，還治其人之身。」艾倫竊笑的回答我。

她的笑容感覺上不太尋常，不像平常的她。

「你認爲可以打破我的紀錄嗎？」查克挑釁。

「我不知道，也許吧！」我不確定的回答。

這句英文怎麼說

我凝視著鏡子一會兒。
I stared into the mirror for a moment.

查克站到鏡子前打量他的影像，我望著他時有種奇怪的感覺。我也說不上來，我從來沒見過查克站那種姿勢，也從沒見過查克那種自我欣賞的樣子。

我確定有什麼地方不太一樣，但是我就是說不出來不一樣的地方在哪裡。

我告訴自己，或許只是我太緊張罷了。

我眞的是太疲累了，大概因此影響了我看待朋友的眼光，也許一切都是我的錯覺。

「兩分鐘。」愛波宣布。

「你準備一直站在那裡嗎？」艾倫盯著鏡子問我，「你不動一下或做些什麼嗎？麥斯。」

「嗯，應該吧！」我說：「我的意思是說，我想不出來有什麼是我想做的，我就這麼待著等時間到。」

「你想現在就放棄？」查克對著他以爲我站的地方輕蔑的笑。

我搖搖頭，然後才記起他們看不到我。「不，我會堅持下去。」我告訴他：「既然我已經隱形了，不妨順便讓你丟臉，查克。」

他譏諷的乾笑兩聲，「你撐不了十三分鐘二十秒的。」他自信的說：「不可能！」

「哼，你知道嗎？」我被他瞧不起人的語氣激怒了。「我就站在這裡，一直到破了你的紀錄爲止。」

我也眞的這麼做了。我靠著鏡框站好位置，等愛波計算時間。

開始時都還滿順利的，直到愛波宣布到了十一分鐘的時候，灼亮的燈光開始刺痛我的眼睛。

我閉上眼睛，可是一點幫助也沒有。燈光越來越亮，越來越強烈。強光好像在我周圍環繞，把我包圍，一層層籠罩住我。

接著我覺得頭暈了起來，全身輕飄飄的，好像快要飄走似的，即使我明明站得好好的。

「嘿，你們？」我喊道，「我想我玩夠了。」

我的聲音連我自己聽起來都覺得很小聲，好像是從很遠的地方傳來的。

光線在我身邊旋轉，我感覺自己越來越輕，越來越輕。我必須費點力，才能讓雙腳穩穩的踩在地上，免得飄走。

我霎時慌亂了起來，嘴裡發出一聲尖叫。

「查克——讓我回去！」無助的慌亂逼得我大喊。

「好，麥斯，沒問題。」我聽見查克回答。

他似乎離我很遠很遠。

我奮力的想從模糊的黃色燈光中看查克；從燈光中看出去，查克只是一個黑影，一個快速衝向鏡子前的黑影。

「我現在就把你變回來，麥斯。撐著點。」我聽見查克說。

灼亮的燈光變得更強烈，就算我把眼睛都閉起來，還是覺得刺痛。

「查克，快拉繩子！」我向他吼道。

我睜開眼睛，看見查克模糊的身影正要伸手拉繩子。

拉，拉呀，快拉！我無聲的催促他。

我知道再一下子，燈就會熄掉，我就安全了。

只要一秒鐘。

這句英文怎麼說

光線在我身邊旋轉。

The light swirled around me.

只要拉下繩子。

拉它，拉它，拉下它呀，查克。

查克伸出手，我看見他抓住繩子。

接著我聽見密室裡有另外一個聲音，一個語氣驚訝的新聲音。

「嗨，這裡是怎麼一回事？你們這些孩子在這裡做什麼？」

我看見影像模糊的查克還沒拉下繩子就將它拋下，然後從鏡子前走開。

原來是我媽闖進來了。

這句英文怎麼說

你們怎麼發現這個小房間的？
How did you find this little room?

22.

「求求你——拉繩子啊！」我苦苦哀求著。

好像沒有一個人聽到我的請求。

「我們只是聚一聚。」我聽見查克跟我媽說。

「可是麥斯呢？」我聽見她問：「你們怎麼發現這個小房間的？你們都在這裡做些什麼？」媽的聲音聽起來好像是從距離非常遠的水底下傳來。

整個房間開始在燈光下閃閃爍爍，一下子暗，一下子亮。我緊緊抓著鏡框，努力不讓自己飄走。

「你們聽得到我嗎？」我叫喊：「拜託誰拉下繩子！把我變回去！」

他們似乎聽不見我的呼喚，在搖晃的燈光下，他們變成一道道灰色的影子。

我拚命抓住鏡框，有一個影子走向鏡子——是我媽。她繞著鏡子一邊走，一邊欣賞它。

「我實在不敢相信，我們從不知道這個小房間的存在。這面鏡子是從哪兒來的？」我聽見她這麼問。

她站得和我如此貼近；實際上他們全都離我很近。

他們離我這麼近，同時卻又如此遙遠。

「求求你們帶我回去！」我嘶喊著。

我等著有人能回答我，可是他們的聲音漸漸減弱。

他們的影子在燈光閃爍中模糊不清的移動，我試著和他們溝通，但是他們離我太過遙遠了。

我鬆開鏡框上的手，飄了起來。

「媽，我就在這裡。妳聽見我了嗎？妳可不可以想想辦法？」

我覺得自己好輕，完全失去重量的在鏡子前飄浮。

我的雙腳離開地板。然而在閃耀的光芒下，我無法看見自己的腳。

這句英文怎麼說

我知道我在鏡子裡面。
I knew I was inside the mirror.

我飄到鏡子的玻璃前，飄到燈底下。
我可以感覺到那盞燈把我拉向它，越來越接近，越來越接近。
直到它把我拉到鏡子裡頭。
我知道我在鏡子裡面，在一片失焦的彩色光亮裡面。形形色色的形狀好像在水裡似的，閃閃發光的重疊在一起。
我在零零碎碎的閃亮燈光和顏色裡漂蕩，靜靜的從我朋友身邊飄走，飄離我媽，飄離閣樓裡的小密室。
飄進鏡子的中間。
飄進一個波浪起伏，光線和顏色扭曲的旋轉世界。
「救命！」我大聲求救。
但是我的聲音被不停移動的模糊色彩淹沒。
「救我回去！快帶我回去呀！」
我進入越來越深的閃耀世界，也幾乎越聽不到自己的聲音。
越飄越深，越飄越深，還要再深。

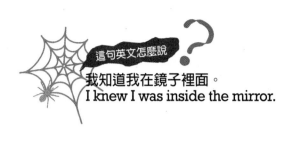

五彩繽紛的顏色全變得不是灰就是黑，周圍也變得很冷，像玻璃一樣冷。

當我飄入更深、更深處，連灰和黑也消失了，取而代之的是全然的白。我的四周一片雪白，眼裡所見全都是毫無陰影的亮白。

我直直注視著眼前，震懾於這個冰冷、雪白的世界，我害怕得忘了叫喊。

「哈囉，麥斯。」一個熟悉的聲音呼喊我的名字。

「啊！」我嚇了一跳，發現這裡原來不是只有我一個人。

23.

恐懼的尖叫從我唇間迸出，我試著想說些話，可是我的腦袋好像痲痹了一樣。

有個影像快速的走向我，無聲的穿過冷冽、慘白的鏡中世界。它朝著我笑，笑容是如此的似曾相識，卻又如此令我毛骨悚然。

「不要害怕，」他說：「我是你在鏡子裡的影像。」

「不！」

他的眼睛——「我的」眼睛——饑渴的注視著我，像狗盯著肉骨頭那樣。當我發出驚恐的叫聲，他反而笑得更詭異。

「我一直在這裡等你。」我的影像對我說，他的目光寸步不離的盯著我。

這句英文怎麼說

我一直在這裡等你。

I've been waiting here for you.

「不！」我重複著說。

我轉身離開。

我知道我一定要逃離這裡。

我開始狂奔。

但是我才跑沒幾步就停了下來，因爲我看見眼前出現的臉龐。那是一些扭曲變形，悶悶不樂的臉。

大約有十幾張類似被哈哈鏡照出來的臉，他們有著垂吊的眼睛，細小的嘴巴哀傷的緊閉著。

這些臉好像在我面前盤旋，空洞的雙眼注視著我；他們的小嘴巴不停的動，好像在引起我的注意。

似乎在警告我，要我趕緊離開。

這些人是誰？

這些臉又是屬於誰的呢？

爲什麼他們和我一起在鏡子裡面？

這句英文怎麼說

為什麼他們和我一起在鏡子裡面？
Why were they inside the mirror with me?

爲什麼他們看起來歪七扭八？爲什麼他們扭曲的影像顯得如此哀傷，那麼的痛苦不堪？

「不！」

當我認出其中兩張飄浮的臉孔時，我倒吸一口氣。他們的嘴巴狂亂的蠕動，眉毛因激動而忽高忽低。

艾倫和查克？

不！

不可能的，不是嗎？

我仔細的瞧著他們，他們爲什麼如此發狂似的說話？他們想要跟我說些什麼？

「幫幫我！」我說，但是他們好像聽不見。

這些臉——十幾張的臉，上上下下的飄浮著。

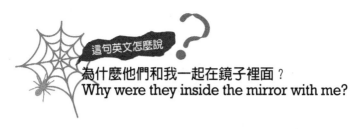

「救救我啊——求求你！」

我忽然覺得自己被拉著轉，我的影像抓住我的肩膀不讓我移動。我瞪著他的眼睛。

「你跑不掉的。」他這麼跟我說。

他沉穩的聲音在靜止無聲的空間迴盪，像堅硬的冰柱刮著玻璃片。

我掙扎著想逃脫，可是他抓得很緊，絲毫不肯鬆手。

「我才是要離開的人，」他告訴我，「我已經等了很久，從你打開燈的那一刻起就開始等。現在我即將要踏出這裡，和其他人會合。」

「其他人？」我驚呼。

「你的那些朋友很輕易的就投降了，」他接著說：「他們沒有抗拒，順從的交換。而現在你和我就要交換身分了。」

「不！」我大聲吼叫，我的吼聲似乎穿透寒冰，回聲延宕好幾里遠。

「你爲什麼這麼害怕？」他仍然抓著我的肩膀，用力把我的身體轉向他，貼近我的臉說：「你那麼害怕你的另一面嗎，麥斯？」

「你知道的，那就是我。」他專注的看著我說：「我是你的影像，你的另一面，你冷酷無情的那一面。不用怕我，你的朋友都不害怕，他們沒什麼掙扎的就做了

這句英文怎麼說

你那麼害怕你的另一面嗎？
Are you so afraid of your other side?

交換。現在他們待在鏡子裡面，而他們的影像……」

他的聲音突然中斷，他不必說完，我也知道他接下來要說的是什麼。

現在我明白艾倫和查克爲什麼看起來不一樣，他們的身體左右顛倒了，他們是鏡子裡的影像。

現在我更明白爲什麼燈光要把我推進鏡子裡面。

爲什麼他們要強迫我隱形。

我也瞭解如果我按兵不動的話，我的影像就會和我交換身分。我的影像會走進閣樓，而我就會永遠被關在鏡子裡——和哀傷、痛哭的臉孔禁錮在一起，動彈不得。

可是我能怎麼辦呢？

瞪著我自己的影像，我決定問他一些問題來拖延時間，好讓我有多一點的時間思考。

「這是誰的鏡子？這面鏡子又是誰做的？」我追問。

「我怎麼會知道？我只是你的影像，記得嗎？」他聳聳肩膀。

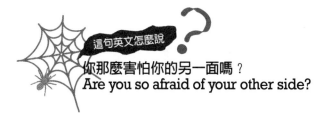

「但是怎麼會……」

「時間到了，」他滿懷期待的說，「別想用那些蠢問題拖延時間。交換的時候到了，是『你』變成『我』的影像的時候！」

這句英文怎麼說

別想用那些蠢問題拖延時間。
Don't try to stall with foolish questions.

24.

我推開他。

開始狂奔。

那些哀傷、扭曲的臉在我眼前盤桓。

我閉上眼睛閃躲他們。

我沒辦法思考，也沒辦法呼吸。

我的手臂向外左右搖擺，雙腳急速奔跑。我無法分辨自己到底是不是跑開了，還是仍在原地空跑。因爲四周的一切是如此的透明光亮，摸不到牆壁，看不到天花板，我的腳踩不到地面，跑的時候甚至感覺不到風拂過我的臉頰。

但是我的恐懼驅使我不停的跑，跑過透明、冷冽、光芒閃爍的燈光。

他緊追在後。

他沒有影子。

雖然我聽不見他的聲音。

但是我知道他就在我的後面。

我還知道如果他追上我，我就輸了。

輸在這個虛無的世界裡，看不見，聽不到，沒有辦法聞或觸摸任何東西，永久迷失在這個冰冷的玻璃裡。

另一個默然浮動的臉飄向我。

我繼續跑。

直到顏色慢慢恢復。

直到光線折射出物體的形狀。

然後我看見影子在我面前移動、變換。

「站住，麥斯！」我的影像的聲音從我身後傳來：「停在那裡別動！」

但是現在他的聲音聽起來很擔心。

這句英文怎麼說

我知道他就在我後面。
I knew he was right behind me.

所以我繼續跑，跑進顏色和移動的身影處。

剎那間，查克把燈關了。

我衝出鏡子，衝進閣樓裡的小密室；進入一個充滿聲音、顏色、以及結實地面和真實物體的世界——真實的世界。

我站起來大口喘氣，幾乎透不過氣的猛吸空氣。我動一動腳試試看，兩腳重重的踏著堅硬的地板。

我回過神來，盯著站在我眼前的朋友，他們的臉上出現吃驚的表情。我媽媽應該也回到樓下去了。

「你換過來了嗎？」查克急切的問，他的眼睛閃著興奮的光芒。

「你是我們其中之一嗎？」艾倫也同時問我。

「不是，」有一個聲音——我的聲音——從我身後回答。

我們同時望向鏡子。

鏡子裡，我的影像生氣的漲紅了臉，怒視著我們，他的手還抵住玻璃。「他逃走了，」我的影像告訴艾倫和查克：「我們沒有交換過來。」

「我不懂！」我聽見愛波叫喊著，「這是怎麼一回事？」

查克和艾倫根本不理會愛波的問題，他們猛然衝上來抓住我的手臂，粗魯的強把我轉過身去。

「我們沒有交換。」我的影像仍在鏡子裡重複這句話。

「沒問題。」艾倫安慰他。

她和查克把我壓到鏡子前面。

「你得回去裡面，麥斯。」查克火氣很大的說。

他伸出手拉燈的繩子。

這句英文怎麼說

再過幾分鐘，你就會在這裡和我會合了。
In a few minutes, you'll join me in here.

25.

燈一閃的點亮。

我也隱形了。

我的影像還在鏡子裡。他張開手掌用力抵著裡面的鏡子，瞪著鏡子外的一舉一動。

「我正等著你，麥斯。」他對我說：「再過幾分鐘，你就會在裡面和我會合了。」

「不！」我大叫道，「我要走了，我要到樓下去。」

「不行，你不能去。」我的影像搖著頭想阻止我。「艾倫和查克不會讓你逃走的。別這麼害怕，麥斯。這過程一點也不痛，真的。」他笑了，應該說是「我」

笑了；然而那笑容是如此冷酷，讓人不寒而慄。

「我不瞭解，」愛波退到門邊抗議的說，「請你們誰告訴我，這是怎麼回事？」

「你會懂的，愛波。」艾倫輕聲安撫她。

我慌張的亂了手腳，猶疑著我要怎麼做？

我能怎麼做？

「只要再幾分鐘。」我的影像鎮定的宣布，他已經開始慶祝得到這場勝利，得到了自由。

「愛波，找人來幫忙！」我大叫。

「咦！」她轉向我聲音出來的地方。

「找救兵！去樓下找人幫忙，快！」我扯破嗓子。

「可是……我不懂……」愛波還在遲疑。

艾倫和查克走過去擋住愛波的路。

門突然打開。

我看到左拐子站在門口，他往裡面看進來，看見我的影像。

這句英文怎麼說

我的影像來不及反應。
My reflection didn't have time to react.

他一定以爲鏡子裡的影像就是我。

「動作快！」他大叫一聲，然後丟出手上的壘球。

球打中鏡子。

我看見左拐子臉上驚訝的神情。接著就聽見鏡子碎裂的聲音，然後我看見整面鏡子裂開、粉碎。

我的影像來不及反應，他隨著玻璃碎片破裂，跌碎在地上。

「不——！」艾倫和查克慘叫著。

當艾倫和查克的影像從地面飄浮起來的時候，我的身體冒了出來。他們一路尖叫的被吸進破碎的玻璃裡面，就像被一台強力吸塵器吸進去一樣。

艾倫和查克的影像尖叫著飛進鏡子裡面，碎裂成好幾百塊小碎玻璃。

「哇！」左拐子驚叫，他的身體抵住門框，用盡全身的力量緊抓著門，奮力不讓自己被吸進密室裡面。

艾倫和查克膝蓋著地的跌坐在地上，他們盯著身邊散落一地的碎玻璃，露出迷惑的表情。

「你們回來了！」我高興的大喊著，「眞的是你們！」

「沒錯，是我。」查克搖搖晃晃的站起來，然後轉身助艾倫一臂之力。

鏡子碎了，影像也不見了。

艾倫和查克注視著房間裡的一切，茫然的打著冷顫。

愛波非常疑惑的看著我。

左拐子還是站在門外，搖著頭對我說：「麥斯，你應該接得到，那一球很容易接的。」

愛倫和查克回來了，而且安然無恙。

沒多久一切都恢復了正常。

我們竭盡所能的向愛波和左拐子解釋一切經過。

愛波後來回家去了，她得當她小妹妹的臨時保姆。

艾倫和查克——眞的艾倫和查克——幫我掃起碎玻璃，然後我們將通往小密室的門關上。我把栓子鎖緊，我們又一起把全部的硬紙箱堆疊起來擋住門。

這句英文怎麼說

聽起來真的很可怕。
Sounds pretty scary.

我們知道我們再也不會進去了。

我們發誓不向任何人提起隱形或在這間密室裡面發生過的事，然後艾倫和查克就各自回家。

不久之後，左拐子和我在後院閒晃。

「眞是可怕！」我打了個寒顫說，「你眞的無法想像那是什麼情況。」

「聽起來眞的很可怕。」左拐子心不在焉的回答我，拿著壘球在兩手間丟來丟去。「不過至少現在一切都沒事了，要不要來玩接球？」

「不要，」我搖頭，我沒有那個心情。可是後來我改變了主意，「也好，說不定能讓我忘掉今天早上發生的事。」

左拐子把球丟向我，我們在車庫後面跑來跑去，我們通常都在那裡玩球。

我投了一個高吊球給他。

我們玩接球玩得挺愉快的。

直到五分鐘之後。

直到……

直到我僵在原地不動。

是我的眼睛在捉弄我嗎？

「我的快速球來囉！」左拐子說著高舉起手，把球向我丟來。

不，不，這不是眞的！

我目瞪口呆的讓球從我身邊飛過。

我連接都不想去接它，我沒辦法動。

我只能恐懼的盯著它。

我的弟弟——我的弟弟用右手丟球！

我的生日是一個下著雨的星期六。
My birthday was on a rainy Saturday.

你差點就把鏡子打破了。
You almost broke the mirror.

你有沒有邀請女生？
Did you invite girls?

門鈴響了。
The doorbell rang.

你會把燈打破的！
You're going to break that lamp!

我們知道是你。
We knew it was you.

你在儲藏櫃裡面等了多久？
How long were you waiting in the linen closet?

看看這些舊雜誌。
Look at these old magazines.

你有什麼毛病啊，小狗狗？
What's your problem, doggie?

把門全打開讓光線進來。
Push the door all the way open so the light can get in.

我很好奇要怎麼打開它。
How do you turn it on, I wonder.

我不像外表看起來那麼笨。
I'm not as stupid as I look.

他隱形不見了。
He was invisible.

這只不過是個視覺上的錯覺。
It was just an optical illusion.

你們在閣樓上做什麼？
What are you doing up in the attic?

真是慘不忍睹呀！
What a crash!

究竟有沒有看見我自己？
Did I see myself at all?

閣樓裡又悶又熱的。
The attic was hot and stuffy.

這個鏡子一點也不特別。
Nothing special about this mirror.

你不應該到這裡來的。
You shouldn’t be up here.

我也要試試看。
I want to try it, too.

他看起來有夠好笑。
He looked ridiculous.

我忘了檢查鏡子了。
I had forgotten to check out the mirror.

我們現在可不可以回復原狀了？
Could we go back to normal now?

我感覺到他拉著我隱形了的手臂。
I could feel him tug at my invisible arm.

你不像外表看起來那麼笨。
You're not as dumb as you look.

可是媽堅持要我們先坐下來吃午餐。
But Mom insisted that we sit down for lunch first.

這就是你要秀給我看的東西？
This is what you wanted to show me?

我跟你打賭我可以從空氣中消失。
I'll bet you I can disappear into the mirror.

我可以變超過一千種小魔術。
I can do over a thousand tricks.

我搔他的肚皮。
I tickled his stomach.

麥斯，怎麼這麼久？
Max, what's taking so long?

我用力的嚥下口水。
I swallowed hard.

或許左拐子也隱形了。
Maybe Lefty went invisible, too.

你們得先抓到我！
You'll have to catch me first!

他躲到哪兒去了？
Where's he hiding?

忽然間，壘球從左拐子手上浮了起來。
Suddenly, the softball floated up from Lefty's hand.

我看不到我自己！
I can't see myself.

好像我永遠都回不來了。
Like I'm never coming back.

我只知道一件事情。
I only know one thing.

我可以破查克的紀錄。
I can break Zack's record.

我根本不覺得有什麼不一樣。
I don't feel any different at all.

可是你還沒有破我的紀錄！

But you haven't beaten my record!

查克，和你的世界紀錄道別吧！

Zack, say good-bye to your record.

燈的電是從哪來的？我想不透。

What was the light's power?

時間過得真快。

The time went so fast.

我知道我就快要飄走了。

I knew I would float away.

我想問她在做什麼。

I wanted to ask her what she was doing.

你是不是覺得好像要被拉走了？

Did you feel like you were being pulled away?

你的想像力到哪兒去了？

Where's your imagination?

原來是媽從樓下喊我們。

It was Mom, calling up from downstairs.

我們明天可以過來嗎？

Can we come over tomorrow?

你的湯現在一定冷掉了。

Your soup must be ice cold by now.

還有湯嗎？

Is there any more soup?

你說什麼？

What did you say?

爸從餐桌對面生氣的瞪著我。

Dad glared angrily across the table at me.

我們馬上下去。
We'll be right down.

我穿著睡衣躺在床上看書。
I was in my pajamas, reading a book in bed.

我會考慮看看。
I'll think about it.

我注視著自己在鏡子中的陰暗影像。
I started at my dark reflection in the mirror.

然後我隱約聽見輕輕的聲響。
And then I heard the soft whisper.

我呼吸困難。
I was breathing hard.

你今天晚上真是奇怪。
You're definitely weird tonight.

牛仔褲皺皺的躺在地毯上。
The jeans lay crumpled on the carpet.

我想也沒想的跑出房間。
Without thinking, I ran out of my room.

不要再問了，好不好？
No more questions. Okay?

我會告訴他們比賽取消了。
I'll tell them the competition is cancelled.

他說你改變主意了。
He said you changed your mind.

我們知道你很緊張，因為你就要輸了。
We know you're nervous because you're going to lose.

我決定放棄。
I decided to give up.

- 我覺得我們應該離開這裡。

I think we should get out of here.

- 我看起來如何？

How do I look?

- 我得找個辦法報復他。

I'd have to find a way to pay him back for this.

- 你確定現在還不想放棄？

Sure you don't want to quit now?

- 她看起來完全沒事。

She looked perfectly okay.

- 我叫你的時候，你怎麼不回答？

How come you didn't answer when I called you?

- 艾凡德先生花了一點時間才注意到。

It took a while for Mr. Evander to notice.

- 這些番茄在空中打轉。

These tomatoes are twirling in the air!

- 你的頭髮之前就是這樣嗎？

Was your hair like that before?

- 你要打敗十五分鐘的紀錄嗎？

Are you going to beat fifteen minutes?

- 我凝視著鏡子一會兒。

I stared into the mirror for a moment.

- 光線在我身邊旋轉。

The light swirled around me.

- 你們怎麼發現這個小房間的？

How did you find this little room?

- 我知道我在鏡子裡面。

I knew I was inside the mirror.

我一直在這裡等你。

I've been waiting here for you.

為什麼他們和我一起在鏡子裡面？

Why were they inside the mirror with me?

你那麼害怕你的另一面嗎？

Are you so afraid of your other side?

別想用那些蠢問題拖延時間。

Don't try to stall with foolish questions.

我知道他就在我後面。

I knew he was right behind me.

再過幾分鐘，你就會在這裡和我會合了。

In a few minutes, you'll join me in here.

我的影像來不及反應。

My reflection didn't have time to react.

聽起來真的很可怕。

Sounds pretty scary.

雞皮疙瘩系列 21

隱身魔鏡

原著書名——Let' s get invisible
原出版社——Scholastic Inc.
作　　者——R.L. 史坦恩（R.L.STINE）
譯　　者——貝齊
責任編輯——劉枚瑛、何若文

國家圖書館出版品預行編目（CIP）資料

隱身魔鏡 / R. L. 史坦恩 (R. L. Stine) 著 ; 貝齊　譯 .
-- 2 版 . -- 臺北市 : 商周出版 : 家庭傳媒城邦分公司發行 ,
民 105.03 208 面 ; 14.8 x 21 公分 . -- (雞皮疙瘩系列 ;21)
譯自 :Let' s get invisible
ISBN 978-986-272-976-2(平裝)
874.59　　105000727

版　　權——翁靜如、吳亭儀
行銷業務——林彥伶、石一志
總 編 輯——何宜珍
總 經 理——彭之琬
發 行 人——何飛鵬
法律顧問——台英國際商務法律事務所 羅明通律師
出　　版——商周出版
臺北市中山區民生東路二段 141 號 9 樓
電話：(02) 2500-7008 傳真：(02) 2500-7759
E-mail：bwp.service @ cite.com.tw
發　　行——英屬蓋曼群島商家庭傳媒股份有限公司城邦分公司
臺北市中山區民生東路二段 141 號 2 樓
讀者服務專線：0800-020-299 24 小時傳真服務：(02)2517-0999
讀者服務信箱 E-mail：cs @ cite.com.tw
劃撥帳號——19833503 戶名：英屬蓋曼群島商家庭傳媒股份有限公司城邦分公司
訂購服務——書虫股份有限公司客服專線：(02)2500-7718；2500-7719
服務時間：週一至週五上午 09:30-12:00；下午 13:30-17:00
24 小時傳真專線：(02)2500-1990；2500-1991
劃撥帳號：19863813 戶名：書虫股份有限公司
E-mail：service@readingclub.com.tw
香港發行所——城邦（香港）出版集團有限公司
香港 灣仔 駱克道 193 號東超商業中心 1 樓
電話：(852) 2508-6231 傳真：(852) 2578-9337
馬新發行所——城邦（馬新）出版集團
Cité(M) Sdn. Bhd. 41, Jalan Radin Anum,
Bandar Baru Sri Petaling, 57000 Kuala Lumpur, Malaysia.
電話：(603)9057-8822 傳真：(603)9057-6622
商周出版部落格——http://bwp25007008.pixnet.net/blog
政院新聞局北市業字第 913 號

美術設計——王秀惠
印　　刷——卡樂彩色製版有限公司
經 銷 商——聯合發行股份有限公司 新北市 231 新店區寶橋路 235 巷 6 弄 6 號 2 樓
電話：(02)2917-8022 傳真：(02)2911-0053

■ 2003 年（民 92）02 月初版
■ 2020 年（民 109）05 月 12 日 2 版 2 刷
■ 定價 / 199 元

ISBN 978-986-272-976-2

Printed in Taiwan
城邦讀書花園
www.cite.com.tw

Goosebumps®

Goosebumps®